Sharon Kendrick

Corazón de diamante

Editado por HARLEQUIN IBÉRICA, S.A.
Núñez de Balboa, 56
28001 Madrid

Corazón de diamante, n.º 2323 - 16.7.14
Título original: The Billionaire Bodyguard
Publicada originalmente por Mills & Boon®, Ltd., Londres.
Este título fue publicado originalmente en español en 2004

I.S.B.N.: 978-84-687-4480-3
Depósito legal: M-12734-2014
Editor responsable: Luis Pugni
Impresión en Black print CPI (Barcelona)
Fecha impresion para Argentina: 12.1.15
Distribuidor exclusivo para España: LOGISTA
Distribuidor para México: CODIPLYRSA
Distribuidores para Argentina: interior, BERTRAN, S.A.C. Vélez Sársfield, 1950. Cap. Fed./ Buenos Aires y Gran Buenos Aires, VACCARO SÁNCHEZ y Cía, S.A.

Capítulo 1

NO HABLABA mucho, pero tal vez fuera mejor así. No había nada peor que un conductor parlanchín.

Keri se acomodó en el suave asiento de cuero del coche y miró al conductor, sentado delante de ella. No, no era del tipo de los habladores... más bien de los fuertes y silenciosos. Muy fuerte, a juzgar por sus anchos hombros, y decididamente silencioso. No le había oído apenas una palabra desde que la recogió en su piso de Londres aquella mañana.

Keri tembló. Fuera seguía nevando en copos grandes y esponjosos que se derretían sobre la piel y parecían confeti sobre su pelo.

–¡Brrr! ¿Puede subir un poquito la calefacción? ¡Estoy absolutamente congelada! –dijo ella mientras se envolvía mejor en su abrigo de mouton.

Jay no levantó la mirada de la carretera al girar la ruedecita.

–Sí, claro.

–¿Y le importaría apretar un poco más el acelerador? Me gustaría llegar a Londres en algún momento de esta noche.

–Haré lo que pueda –respondió él sin más.

Conduciría tan rápido como le pidiera la situación. Ni más ni menos. Ella no pudo verlo, pero él echó una ojeada rápida al retrovisor para mirar a la modelo. Keri no lo vio, distraída como estaba quitándose los guantes de piel de sus delicadas manos, pero, si lo hubiera hecho, habría podido apreciar irritación en su mirada. Le habría dado igual. Para ella era un simple conductor cuyo cometido era darle todos los caprichos y vigilar de cerca el delicadísimo collar de diamantes que había brillado en su largo y blanco cuello en las veladas más frías de aquel año.

Él había estado presente mientras los estilistas y el fotógrafo la rodeaban. Había observado su cara inexpresiva, casi aburrida, mientras les dejaba hacer su trabajo. A decir verdad, también a él le había aburrido. Parecía que las sesiones fotográficas para las revistas implicaban esperar mucho. No es que le importara esperar, si había una buena razón para ello, pero aquello parecía una pérdida de tiempo total.

A Jay le resultaba incomprensible cómo una mujer podía aceptar llevar un ligero vestido de noche al aire libre en un día tan frío. ¿No podían haber creado un escenario invernal en la cálida comodidad de un estudio y facilitar así el trabajo?

Después vio las cámaras y lo comprendió todo. Ante la cámara, ella se transformó, y de qué manera. Dejó escapar un prolongado silbido mientras el ayudante del fotógrafo lo miraba con una sonrisa cómplice.

–Es preciosa, ¿verdad?

Jay la estudió cuidadosamente. Desde luego, era preciosa, como los diamantes, aunque a él aquellos últimos no le gustaran especialmente. El pelo negrísimo enmarcaba perfectamente la palidez de su rostro, que contrastaba con sus ojos oscuros como carbones. Tenía los labios gruesos y rojos, pintados de color vino, húmedos y provocadores. El fino vestido plateado se ajustaba como una capa de escarcha a su cuerpo, a sus firmes pechos y a la curva de su trasero.

Pero parecía hecha de hielo o cera, demasiado perfecta y nada real. Si la pinchabas con un alfiler ¿sangraría? ¿Gritaría cuando hacía el amor? ¿Se dejaría llevar por una pasión salvaje e incontenible o simplemente se atusaría el pelo?

–Está bien –había contestado él, y el ayudante volvió a sonreírle.

–Te entiendo –le había dicho, encogiéndose de hombros–. No está a nuestro alcance.

Jay asintió y se alejó de allí, sin molestarse en corregirle. El día que decidiera que una mujer estaba fuera de su alcance sería el día que dejara de respirar. Estaba allí para trabajar y marcharse lo antes posible. Ni siquiera tenía que haber estado allí, y además esa noche tenía una cita con una rubia de escándalo a la que llevaba un tiempo rechazando, casi sin saber por qué, pero había decidido que esa noche se dejaría llevar.

Una sonrisita de anticipación se dibujó en su boca.

–¿Cuánto tiempo?

La voz de la modelo interrumpió sus pensamientos, que amenazaban con tornarse eróticos, y su pregunta no ayudó demasiado.

–¿Cuánto tiempo, qué? –preguntó él.

Keri suspiró. Había sido un largo día y nada le habría hecho más feliz que llegar a casa, darse un baño caliente y acurrucarse en el sofá con un buen libro en lugar de salir a cenar. No era que no disfrutara saliendo a cenar con David, siempre lo pasaban bien aunque él no hiciese despertar su pasión. Él lo sabía y decía que no le importaba. Bueno, eso decía él, pero Keri no podía evitar preguntarse si, de manera sutil, él estaba haciendo campaña para hacerla cambiar de opinión. Cosa que, desde luego, no iba a pasar porque David estaba clasificado en el grupo de amigos, y probablemente fuera mejor así. La limitada experiencia de Keri le decía que los amantes solían causar problemas.

–Preguntaba que cuánto tiempo tardaremos en llegar a Londres.

Jay veía cómo la nieve caía ahora con más fuerza. El cielo era de un color gris claro, tan claro que era imposible diferenciar donde acababa la nieve y empezaba el cielo. Dejaban atrás con rapidez los árboles que bordeaban la carretera, con un aspecto tan muerto sin sus hojas que no se podía imaginar que en algún momento pudieran estar verdes y cargados de frutos y flores.

La idea de decir que si no hubieran desperdiciado tanto tiempo ya estarían mucho más cerca de Londres resultaba tentadora, pero se contuvo. El trabajo de conductor no implicaba expresar opiniones, por más que le costase contenerse.

–Es difícil de decir –murmuró él–. Depende.

–¿De qué depende? –el aire de dejadez y seguridad del conductor la estaba poniendo nerviosa. ¿Qué clase de conductor era si no podía decirle aproximadamente cuándo llegarían?

Él notó el tono de impaciencia contenida en su voz y sonrió para sí. Había olvidado lo que representaba ser un subordinado, tener a gente que te dijera qué hacer y que hiciera preguntas que tú deberías responder, como si fueses una máquina.

–Depende de cómo esté la nieve –dijo, frunciendo

el ceño al notar cómo las ruedas delanteras patinaban en el hielo y reduciendo la velocidad de inmediato.

Keri miró por la ventanilla.

–Yo no veo que esté tan mal.

–¿No? –murmuró él–. Bueno, no pasa nada entonces.

Tenía un acento suave, casi americano, y por un momento ella creyó haber notado un tono burlón. Keri le miró la espalda inmóvil... ¿estaba riéndose de ella?

Jay vio que, tras la oscura cortina de su flequillo, tenía el ceño fruncido.

–¿Quiere que ponga la radio? –preguntó, con la suavidad que utilizaría para convencer a una ancianita díscola.

Él estaba haciendo que Keri se sintiera... incómoda, y no entendía por qué.

–En realidad –dijo ella con toda la intención–, lo que me gustaría es dormir un poco, así que si no le importa...

–Desde luego, no hay problema –Jay se rio a escondidas mientras conducía hacia el atardecer invernal.

Los inocentes y gordos copos de nieve se habían transformado en otros pequeños y cargados de hielo. El viento los empujaba contra el parabrisas como un enjambre de abejas blancas.

Jay miró por el retrovisor. Ella se había quedado dormida, con la cabeza hacia atrás y el pelo extendido tras ella, como una brillante almohada negra. La manta se le había caído un poco y la abertura de la falda indicaba que sus largas piernas estaban separadas. Tenía las piernas más largas que había visto en una mujer, unas piernas que podían enrollarse alrededor del cuello de un hombre como una serpiente. Jay apartó la mirada de una visión tan provocadora, sin poder evitar ver la liga de encaje de una media. El viaje iba a durar más de lo previsto. Era mejor que ella durmiera en lugar de distraerlo con preguntas.

Pero el tiempo era una distracción suficiente. Los estrechos carriles de la carretera eran más precarios cada vez por la nieve que caía incesantemente y, mientras se hacía de noche, redujo la velocidad del coche al encontrarse con las primeras curvas.

Él sabía mucho antes de que ocurriese que las cosas se iban a poner feas, muy feas. Eran la voz del instinto y la experiencia de haber vivido en las peores condiciones posibles para un hombre.

Los limpiaparabrisas iban y venían a toda velocidad, pero la visibilidad era la misma que habría habido en un abismo de hielo. La carretera bajaba un poco y él levantó el pie del acelerador. Una cuesta abajo no le parecía mal. Las pendientes acababan en valles y en ellos solía haber gente; allí podrían encontrar el alojamiento que sospechaba que muy pronto podían necesitar. Lo malo era que estaban atravesando una zona de campo bastante desolada. Debía de ser una zona poco habitada, especial por su belleza y lo aislada que estaba.

Encendió la luz del techo para echar un vistazo al mapa y entrecerró los ojos al ver que pasaban al lado de un edificio. Al instante, Jay se dio cuenta de que no tendría muchas más opciones y frenó con fuerza.

El brusco frenazo la despertó y Keri abrió los ojos, aún debatiéndose entre el cálido momento entre el sueño y la vigilia.

–¿Dónde estamos? –preguntó con voz de dormida, después de bostezar.

–En el medio de la nada –respondió él sucintamente–. Juzgue usted misma.

El sonido de la grave y recia voz masculina la sacó de sus ensoñaciones y tardó un momento en darse cuenta de dónde estaba. Miró por la ventanilla y parpadeó. Él no estaba bromeando.

Mientras dormía, el paisaje nevado se había transformado en otro totalmente distinto. Era noche cerrada y la nevada era mucho más intensa. Todo era blanco y negro, como el negativo de una foto, y habría podido ser bonito si no fuera tan... intimidante. Efectivamente estaban en medio de la nada, como había dicho él.

–¿Por qué se ha detenido? –preguntó ella.

–¿Por qué cree usted que me he detenido? La nieve es demasiado densa aquí.

–Bueno, pero ¿cuánto vamos a tardar en llegar?

Jay echó una mirada al exterior y luego al retrovisor, al reflejo de su bonito rostro. Por su pregunta se deducía que no tenía ni idea de lo mala que era aquella situación y él iba a tener que explicárselo todo. Poco a poco.

–Si sigue nevando así, no hay manera alguna de que lleguemos, al menos no esta noche. Tendremos suerte si llegamos al pueblo más cercano.

Aquello empezaba a parecer una película mala.

–¡Pero no quiero ir a un pueblo! –exclamó ella–. ¡Quiero ir a casa!

Yo quiero, yo quiero, yo quiero. Él supuso que una mujer como aquella conseguiría todo lo que quisiera. Bueno, no aquella noche.

–Y yo también, cariño –dijo él fríamente–. Pero me conformaré con lo que tenga.

Ella ignoró el «cariño». No era el momento de llamarle la atención por pasarse con las familiaridades.

–¿Puede seguir conduciendo?

Él pisó suavemente el acelerador y después lo soltó.

–No. Estamos atascados.

–¿Qué quiere decir? –dijo Keri, dando un salto.

–¿Qué demonios le parece que quiero decir? Como acabo de decirle, estamos atascados. Hay placas de hielo en la carretera, está toda cubierta de nieve. Es una situación potencialmente mortal.

Keri cerró los ojos un momento. «Por favor, que esto no esté ocurriendo en realidad». Abrió los ojos de nuevo y preguntó.

–¡No podría haber previsto que esto pasaría y haber tomado otra carretera?

Él podía haberlo ignorado, pero algo en el reproche le alteró la sangre.

–No hay carretera alternativa desde ese campo perdido de Dios que eligieron para la sesión de fotos y, si se acuerda, le pedí en tres ocasiones que se diera prisa. Le dije que no me gustaba cómo se estaba poniendo el tiempo, pero usted estaba demasiado ocupada escuchando los halagos de sus admiradores como para escuchar lo que le estaba diciendo.

Estaba criticándola

–¡Estaba haciendo mi trabajo!

–¡Y yo intento hacer el mío! –dijo él secamente–. Y consiste en hacer lo que pueda en cada situación y no perder tiempo en recriminaciones.

Keri le miró fijamente a la parte trasera de su cabeza. ¿Acaso estaba pensando que iba a registrarse en un hotel? ¿Con él?

–Creo que no lo entiende. Tengo que volver a Londres. Esta noche. ¿Puede sacarnos de aquí?

–¿Tiene algún quitanieves de sobra? –Jay sonrió–. Creo que la que no lo entiende es usted, cariño. Incluso si saliéramos de este atasco, no serviría de nada. La carretera está intransitable.

Ella sintió una oleada de pánico en ese momento hasta que la lógica volvió en su ayuda.

–¡Eso no puede saberlo!

Él no estaba dispuesto a ponerse a explicarle que había visto nieve en todas las formas y colores posibles. Los vacíos horizontes inmaculados y yermos del Ártico que hacían parecer aquella escena una bonita postal navideña. Había buceado bajo placas de hielo polar, preguntándose si la sangre se le habría congelado en las venas. Hombres atrapados... perdidos... de los que nunca se volvió a saber.

Su voz se tornó dura:

–Oh, claro que puedo. Es mi trabajo saberlo –apagó el motor, se volvió hacia ella y se encogió de hombros–. Lo siento, pero así es como están las cosas.

Ella abrió la boca para replicar, pero las palabras murieron en sus labios en el momento en que sus miradas se encontraron. Él tenía unos ojos duros y brillantes que la dejaron sin respiración y hacía mucho tiempo que no le pasaba eso con un hombre. Era la primera vez que lo miraba con atención, pero, en realidad, nadie mira nunca a su conductor, ¿o sí? Eran meros accesorios del coche, o al menos así se suponía que era. Keri tragó saliva, confundida por el súbito latir de su corazón, como si intentara recordarla que aún existía. Por Dios, ¿qué hacía un hombre así conduciendo un coche para ganarse la vida?

Su cara parecía esculpida en roca, era angulosa y su labio superior dibujaba una curva lujuriosa y sensual. Con la escasa luz del coche, no pudo distinguir el color de sus ojos, pero pudo apreciar las tupidas pestañas que le daban una mirada enigmática. Además, Keri había sido modelo suficiente tiempo como para saber que unos pómulos así no eran fáciles de encontrar.

Él era, en una palabra, un bombón.

Jay notó la dilatación de las pupilas de ella, pero apartó el pensamiento de su mente. Aquello era trabajo, no placer y, aunque lo hubiese sido, las chicas guapas y malcriadas que esperaban que todo el mundo satisficiera sus mínimos deseos no eran su tipo.

–Podemos estar aquí toda la noche –dijo él, divertido–. Mantendré el motor encendido y esperaremos a que por la mañana todo esté mejor.

–¿Pasar la noche en el coche? ¿Lo dice en serio?

–Por supuesto.

Él se mantendría despierto con facilidad; ya tenía experiencia en esperar las primeras luces de un amanecer invernal.

Había algo en esas palabras que hicieron pensar a Keri que iba en serio. Pero ¿no había nada que se pudiera hacer? ¡Estaban en Inglaterra, no en las Montañas Rocosas!

–Tiene que haber algún modo de llamar para pedir ayuda –dijo ella, buscando dentro de su bolso–. Tengo el móvil por algún lado.

Jay también tenía su móvil en el bolsillo... ¿acaso pensaba ella que no se le había ocurrido?

–Adelante –murmuró él–. Llame a los servicios de emergencia y dígales que estamos en apuros.

Ella supo por su tono de voz que no habría cobertura, pero por orgullo y tozudez marcó el número con pánico creciente.

–¿No ha habido suerte? –preguntó él con ironía.

Su mano temblaba cuando guardó el móvil en el bolso con toda la dignidad que pudo.

–Así que es verdad que estamos atrapados –dijo ella.

–Eso parece –los ojos de Keri parecían enormes y oscuros, muy llamativos sobre la palidez de su rostro con forma de corazón, como diseñado por la naturaleza para hacer aflorar los sentimientos de protección en un hombre.

La naturaleza funcionaba de un modo extraño, pensó él. Una nariz, dos ojos y una boca podían estar colocados de tal manera que una cara ordinaria quedara transformada en algo exquisito. Era suerte, como todo en la vida.

–Escucha –dijo él–, creo que puedo llegar hasta una casa que he visto un poco más atrás. Parece más sensato ir hacia allá, así que iré a echar un vistazo.

La idea de quedarse allí sola la hizo sentirse aún peor. ¿Qué ocurriría si él desaparecía en medio de la noche, en medio de la nevada? ¿Y si aparecía alguien? Pensándolo mejor, tenía más posibilidades de estar segura estando con él que sin él. Tal vez fuera algo irrespetuoso, pero al menos parecía saber lo que estaba haciendo.

–No, no quiero que me deje aquí –dijo ella–. Voy con usted.

Los ojos del conductor se fijaron en sus botas de

piel. Eran de cuero de buena calidad, suaves e impermeables, pero aquel tipo de tacones no había sido pensado para andar. Y ella tampoco parecía muy deportista. Levantó una ceja y dijo:

–No estás muy bien equipada, ¿no? –la tuteó

–Bueno, ¡no había planeado hacer senderismo!

–¿Has esquiado alguna vez? –dijo él, entrecerrando los ojos.

Keri sonrió.

–¿Con mi trabajo? Ni en broma. El esquí es considerado una actividad de riesgo y no está permitida.

Un trabajo bastante restrictivo, pensó él.

–Bueno, ¿estás segura de que quieres hacerlo?

–Creo que puedo con ello –dijo ella con tozudez.

Él supuso que no le quedaba otra opción más que dejarla intentarlo.

–Tendrás que poder, porque no voy a llevarte en brazos –sus ojos hicieron un guiño burlón justo antes de fijarse en sus labios, entonces supo que había mentido.

Por supuesto que la llevaría en brazos. Algunos hombres hubieran cruzado tierra y mar por una mujer así.

–Abróchate el abrigo –dijo con rudeza–, y ponte los guantes.

Ella abrió la boca para decirle que dejara de tratarla como si fuera idiota, pero algo en la expresión de su cara le decía que la dinámica había cambiado, y que ahora él ya no era simplemente el conductor. Había algo en sus gestos y en su lenguaje corporal que definían que a partir de ahora era él quien estaba al mando. Aquello también era nuevo para ella.

–¿Tienes un gorro?

Ella movió la cabeza de un lado al otro y él le pasó un gorro de lana que había sacado de la guantera.

–Recógete el pelo –le indicó– y después ponte esto.

–¿No lo necesitarás tú?

–Tú lo necesitas más –declaró él–, eres una mujer.

Ella pensó en decir alguna frase brillante acerca de la igualdad, pero su fría mirada le indicó que no se molestara, como si no le importara realmente lo que ella pensara. Para una mujer acostumbrada a que los hombres sintieran devoción por todo lo que la rodeaba, aquello suponía un verdadero cambio.

Él salió del coche y le abrió la puerta, no sin dificultad, porque la nieve se había amontonado alrededor de ellos.

–Ten cuidado –advirtió él–. Está fría y es bastante profunda. Sígueme, ¿de acuerdo? Procura estar lo más cerca posible y hacer lo que yo te diga.

Aquello era sin duda una orden.

Él parecía saber exactamente adónde iba, aunque Keri no podía distinguir lo que era camino, campo, cielo o tierra. Mientras avanzaba penosamente sobre la nieve, no podía evitar jadear. Suponía un esfuerzo mantener su ritmo y él tenía que detenerse cada poco tiempo, volviéndose para mirarla.

–¿Estás bien?

Ella afirmó.

–Soy muy lenta, ¿no?

«Eres una mujer y no estás entrenada para este tipo de cosas».

–No te preocupes por eso. ¿No tienes los dedos demasiado fríos?

–¿Dón... dónde están los dedos? –preguntó ella.

La risa de él sonó extrañamente musical y su aliento formó una nube de vaho en el aire.

–Ya no queda mucho –prometió con dulzura.

Mientras ella temblaba tras él se preguntaba cómo podía estar tan seguro. Los copos de nieve le entraban en los ojos y se derretían sobre sus labios. Las botas que consideraba cómodas resultó que solo lo eran para dar un corto paseo por Londres. Era como si tuviera los pies metidos en latas de sardinas y los dedos le dolían terriblemente. Además, tenía las manos heladas, tan frías que no sentía nada.

Nunca había tenido una conciencia tal de su cuerpo de un modo tan doloroso e incómodo, y con esa sensación vino otra igualmente extraña de miedo. ¿Y si no encontraban el lugar que había creído ver? Había leído en los periódicos casos de personas que habían encontrado la muerte congelados o que se habían perdido en condiciones similares.

Un escalofrío que no tenía nada que ver con el frío la recorrió todo el cuerpo. ¿Por qué no se habría quedado en el coche y había esperado allí hasta que amaneciera? De ese modo al menos la hubieran encontrado con más facilidad. Ella se mordió un labio, pero apenas lo sintió, entonces él se detuvo.

–¡Aquí es! –la satisfacción invadía su voz–. ¡Lo sabía!

Keri miró hacía arriba, respirando penosamente.

–¿Qué es esto? –preguntó débilmente.

–¡Cobijo!

Mientras se acercaba, el contorno se dibujaba más claramente ante sus ojos como un espejismo. No parecía cálido ni cómodo. Era un edificio muy alto, casi como una iglesia pequeña, y el camino que llevaba hasta allí estaba cubierto de nieve. No había ninguna luz y las grandes ventanas no tenían cortinas, pero al menos era un sitio donde refugiarse.

Entonces Keri hizo lo que cualquier mujer hubiera hecho en aquellas circunstancias: echarse a llorar.

Capítulo 2

JAY la miró: ¡Qué típico de una mujer! Podían ponerse a llorar por las razones más inverosímiles y rara vez por algo realmente importante. En ese caso, él interpretó las lágrimas de Keri como lágrimas de alivio, así que simplemente las ignoró.

–No hay nadie en casa –dijo él, como si en realidad fuese la casa de alguien.

El llanto le había venido por sorpresa; Keri no podía recordar la última vez que había llorado, ya que si una cosa había aprendido en su trabajo había sido el esconder sus verdaderos sentimientos tras una brillante y profesional sonrisa. Se suponía que tenía que sentirse aliviada por que él no le hubiera prestado atención, pero en su fuero interno le molestaba que no hubiera intentado consolarla.

Se secó las lágrimas con el dorso de la helada mano en actitud defensiva y preguntó:

–¿Cómo lo sabes?

Se hubiera tardado más en explicarlo que en pasar a la acción, así que Jay golpeó la puerta fuertemente, sin respuesta. Allí no había nadie.

–Retírate –dijo él secamente.

–¿Por qué?

–Porque vamos a entrar ahí.

Keri miró la puerta de fuerte madera de roble.

–¿No estarás planeando echar la puerta abajo, verdad? –preguntó ella, incrédula.

Él sacudió la cabeza, casi tentado por la idea de hacer una demostración de masculinidad ante ella.

–No, voy a saltar la cerradura.

«¿Saltar la cerradura?» No era una expresión con la que estuviera familiarizada, pero podía entender perfectamente su significado. Keri se echó hacia atrás, temerosa, y casi tropezó, pero él tampoco pareció darse cuenta de eso.

–¡No puedes hacer eso! ¡Es allanamiento de morada!

–¿Alguna sugerencia? –preguntó con frialdad e impaciencia–. ¿Pretendes que nos quedemos aquí fuera toda la noche y nos congelemos hasta morir para que nos concedan la medalla al ciudadano perfecto?

–No, claro... yo...

–Entonces cállate y deja que me concentre.

Aquella fue una dura orden, rozando la mala educación, pero Keri no tuvo tiempo para indignarse porque, para su asombro, él sacó algo parecido a un destornillador del bolsillo, haciendo que ella se preguntara si todos los conductores tendrían esa habilidad para abrir puertas. Hundiendo las manos enguantadas en los bolsillos de su abrigo, se preparó para una larga y heladora espera, pero la puerta se abrió increíblemente pronto. En los labios de Jay se dibujó una sonrisa al ver la cara de horror que puso ella.

–Pareces sorprendida –comentó él.

–No estoy exactamente sorprendida... ¿Cómo demonios has abierto la puerta con tanta rapidez? –preguntó mientras entraba y cerraba la puerta tras ella.

–No quieras saberlo... –dijo él– es solo una de mis habilidades ocultas.

¡Genial! ¿Con qué clase de hombre estaba atrapada? ¿Un ladrón? ¿O acaso algo peor?

Ella lo miró con cierta aprensión, pero él estaba inspeccionando el lugar con la mirada, casi como un animal en territorio hostil, el cuerpo tenso y en actitud vigilante.

Jay se dio cuenta de que estaba disfrutando. Había olvidado lo que era utilizar su instinto y su fuerza de nuevo, los problemas inesperados, las situaciones de tensión. Había pasado mucho tiempo, demasiado.

–Aquí no vive nadie –dijo en voz baja– al menos no de forma continuada.

–¿Cómo lo sabes?

–Porque hace frío, mucho frío. Además no huele a nada y las casas habitadas siempre se impregnan del olor de las personas que las habitan –en el suelo reposaba una montaña de correo intacto–. Pero además se nota. En una casa sin gente se nota la soledad.

Keri entendió a qué se refería. A veces, aunque se tenga una vida de lo más ajetreada, se puede uno llegar a sentirte muy solo por dentro.

–Bueno, aquí estamos –dijo él con voz suave; a solas y perdido en una bella casa con una bella mujer. Una situación poco habitual.

Su voz se había hecho más profunda y cuando Keri lo miró se dio cuenta de la realidad de su situación. Estaban los dos solos y, ahora que sus ojos empezaban a acostumbrarse a la oscuridad, pudo evaluarlo mejor, no como el conductor que la había llevado a la sesión fotográfica, sino de un modo distinto: como hombre.

Al principio le había parecido muy espectacular.

De hecho lo era; era muy alto, más que ella, lo cual no era muy habitual, ya que ella era una mujer bastante alta. Pero no había sido únicamente la altura lo que le había impresionado tanto, era algo más sutil, más peligroso, que tenía que ver con la masculinidad que irradiaba su cuerpo, el calor y la fuerza que parecía desprender.

Keri tragó saliva e inmediatamente notó un sudor frío en las palmas de las manos. Empezaba a sentir claustrofobia en aquel lugar, aunque la entrada era amplia y espaciosa. Tal vez él lo sintiera también, porque alargó la mano hacia el interruptor de la luz.

–Veamos si podemos iluminar este sitio... ¡maldición!

–¿Qué ocurre?

–¡Tenía que haberlo imaginado! No hay electricidad –mientras maldecía para sus adentros, sacó un mechero del bolsillo y lo encendió.

–¿No tendrás también un conejo en uno de esos bolsillos? –preguntó ella.

Él la miró de arriba abajo.

–¿Estás bien?

Bueno, hasta el momento en que sacó el mechero había estado bien, teniendo en cuenta las circunstancias: los ojos llorosos, helada de frío, ligeramente impresionada, sí, pero ciertamente aliviada de encontrarse a cubierto. Pero, en el momento en que lo vio, se dio cuenta de que la primera impresión que se había llevado de él cuando lo vio en el coche no había sido certera del todo.

En ese momento había pensado que era guapo, pero se había equivocado. El adjetivo guapo implicaba ser atractivo superficialmente pero nada más, como muchos modelos a los que conocía. Sin embargo, aquel hombre...

Se había quedado sin aliento.

La llama del mechero creaba sombras sobre aquel rostro perfecto y sus ojos tenían un brillo frío e inteligente. Ella se daba cuenta de la fuerza que debía tener aquel cuerpo a la vista de los músculos firmemente definidos que podía apreciar. Él parecía seguro de sí mismo e imperturbable, mientras que ella a su lado se sentía temblorosa e insegura.

–Estoy... estoy bien –logró contestar, intentando recomponer sus emociones.

Parecía que iban a pasar allí bastante tiempo y en ese caso tenía que establecer una relación lo más relajada posible entre ellos, de modo que los dos supieran dónde colocarse. Necesitaban unos límites para no sobrepasarlos y ella no debía pensar en él como hombre. Él era el conductor y el guardaespaldas que había contratado para proteger...

–¡Oh, Dios mío! –exclamó ella.

–¿Qué pasa? –dijo él frunciendo el ceño.

–¡El collar! ¡Se supone que tenías que proteger el collar!

En sus labios se dibujó una línea de desagrado.

–¡Mujeres! Se salvan de milagro y lo único en lo que pueden pensar es en sus dichosos diamantes –diciendo esto, sacó descuidadamente del bolsillo la joya e hizo que se deslizara sinuosamente sobre su mano, brillando sobre su piel morena–. ¿Estás contenta? –dijo con aire burlón.

Keri no estaba acostumbrada a aquel tipo de trato. Normalmente los hombres la adoraban y no la trataban con una actitud tan machista. No estaba acostumbrada a hombres que le dieran órdenes y saltaran cerraduras con facilidad.

–Eres tú el que debe estar contento –puntualizó ella–. Menos mal que no lo has perdido. Está en juego tu trabajo.

Jay sonrió. Era una puntualización para a ponerle en su lugar, pero Miss Fotogenia pronto descubriría que él no era un hombre como la mayoría. Volvió a guardar la joya sin darle importancia de nuevo en su bolsillo.

–Es verdad –dijo él inocentemente–, no podemos dejar que piensen que me los he llevado para empeñarlos, ¿no? Vamos a ver si encontramos una vela por algún lado. Tenemos que encender fuego, pero creo que será mejor inspeccionar la casa primero.

–¿Qué esperas encontrar? –dijo ella, intentando controlar el castañeteo de sus dientes.

Un toque de humor negro le hizo pensar en una broma de cadáveres, pero, teniendo en cuenta las lágrimas de unos minutos antes, decidió callarse. El problema de las mujeres era que se dejaban llevar por la imaginación.

–Lo que espero encontrar, cariño, son los lujos que esta casa puede ofrecernos.

Otra vez, lo estaba haciendo de nuevo.

–No me llames «cariño».

Tocado.

–Bien, en ese caso, tal vez sería bueno hacer las presentaciones –sugirió él–, puesto que ni siquiera conozco tu nombre.

Resultaba extraño presentarse de aquel modo. Era como si las normas de cortesía habituales hubieran desaparecido por completo o hubieran sido reinventadas.

–Keri –dijo ella–. Y tampoco yo sé el tuyo.

Él notó un cierto titubeo en la pregunta, su inseguridad acerca de si era o no apropiado abandonar del todo los formalismos. Ella no sabía cómo reaccionar en una situación así, pensó, divertido. Para él era como si hubiera sacado a un canario de su jaula dorada y no supiera volar bien. Tal vez su primera impresión de que ella era una mujer sin sangre en las venas e incapaz de amar apasionadamente hubiera sido la correcta después de todo. .

–Linur –dijo él sardónicamente– Jay Linur.

No era un nombre habitual y tal vez por eso le quedara tan bien. De nuevo, ella sintió la necesidad de establecer los límites.

–¿Eres americano?

Él era consciente de lo que ella intentaba hacer: ese leve interés, el tono de superioridad...

–Por muy fascinante que te parezca mi nombre –dijo él mientras sus ojos chispeaban–, yo me estoy congelando, así que por qué no dejamos esta conversación para más adelante. ¿Te apetece explorar?

–¿Tengo elección?

–Bueno, supongo que podríamos quedarnos aquí y seguir con esta interesante conversación.

–Me odiaría a mí misma por someterte a una presión tal –dijo ella dulcemente–. La tensión podría ser demasiado para ti.

Él sonrió brevemente.

–Tal vez –admitió él, pero la sutil indirecta fue tan responsable como el mohín de sus labios de que su pulso se acelerase.

Parecía que él no tuviera temor alguno y ella intentaba no dejarse invadir por aquella sensación, aunque, ¿quién sabía lo que podían encontrarse en aquel lugar? Keri permaneció tan cerca de él como pudo sin tocarlo.

Con la sola iluminación del mechero, él dirigió sus pasos a lo que obviamente era la cocina, aunque no se parecía a ninguna cocina que Keri hubiera visto antes. Desde la puerta, inspeccionó la forma de los antiguos utensilios.

–Voy a intentar encontrar alguna vela –dijo él en voz baja–. Espérame aquí.

«No voy a esperar aquí porque soy incapaz», pensó ella casi con desesperación mientras lo veía desaparecer en la oscuridad. Él no me necesita para nada, pero yo a él sí.

Podía oírle abrir y cerrar cajones, el repicar de la porcelana y, de repente, un pequeño grito de satisfacción. Cuando apareció de nuevo, tenía dos velas en sendos platitos. Le pasó uno a ella mientras la luz de las velas se reflejaba en sus ojos.

–Mantenla recta –le indicó.

–¡Creo que soy capaz de llevar una vela!

Por su mirada burlona pareció que dudaba de ella, pero no contestó.

–Ven, vamos a mirar en el piso de arriba.

Había tres habitaciones. Estaban sumidas en un ambiente fantasmagórico e irreal porque los colchones estaban desnudos y no había señales de que nadie hubiera dormido allí.

–Me siento como Ricitos de Oro –dijo Keri susurrando–. Parece que en cualquier momento vayan a aparecer los Tres Osos.

–Nunca me han gustado los cuentos. Vamos, no tiene sentido quedarse aquí.

Había un baño de apariencia antediluviana con una enorme bañera. Jay tiró de la cisterna.

–Algo es algo –dijo él.

En la oscuridad no podía ver que Keri había enrojecido. Ella nunca había vivido con nadie, excepto su familia y aquello era algo que le parecía muy íntimo.

Bajaron de nuevo las escaleras y se dirigieron a la cocina. Jay abrió una puerta y miró hacia la negra oscuridad de su interior.

–Despensa –dijo escuetamente–. ¿Quieres ver lo que hay?

–Creo que no me apetece.

Al otro lado de la entrada había una pesada puerta de roble y Jay la abrió, esperando un momento hasta que se iluminó con la luz de la vela.

–Ven, Keri –dijo con suavidad; un extraño tono de excitación teñía sus palabras–, mira esto.

Keri fue hacia él y miró en la dirección que indicaban sus ojos.

–¡Oh! ¡Me siento como Aladino!

–Sí, sé a qué te refieres.

Era como si de repente se hubieran encontrado con una gruta llena de tesoros, una elegante y antigua sala que parecía pertenecer al pasado. Jay levantó su vela y Keri pudo ver un techo de madera oscura; la habitación era tan grande, que no podía verla en su totalidad.

–¿Dónde estamos? –dijo ella–. ¿Qué es este lugar?

Él estaba ocupado sacando más velas de sus bolsillos, encendiéndolas y colocándolas sobre una mesita baja.

–No tengo ni idea y en este momento no me importa.

Era asombroso lo que un poco de luz podía hacer. Aquello era precioso.

Las ventanas eran altas y en forma de arco, había una enorme chimenea y dos enormes sofás a cada lado. En una esquina había un piano y las paredes que no estaban decoradas con cuadros, estaban cubiertas de estanterías sobre las que descansaban cientos de libros.

–Es casi como una iglesia –susurró ella.

–¿Por qué hablas en voz baja? –preguntó él y su voz pareció una explosión en el ambiente.

–¡No lo sé, pero tú lo estás haciendo también! –Keri temblaba y sus dientes castañeteaban–. Aquí hace casi más frío que fuera.

–Sí –él se agachó frente a la chimenea, que era antigua y tan grande como para asar un buey–. ¿Qué te parece si intento encender fuego mientras tú buscas provisiones?

Ella no dejaba de mirarlo anonadada.

–Alimentos –explicó él, impaciente–. Comida, bebida, café, un cordero asado... ese tipo de cosas.

Keri miró desconfiada hacia la oscuridad.

–¿Yo sola?

Él levantó la vista hacia ella. Estaba claro que era una de esas mujeres que desconocían el significado de la palabra «iniciativa».

–¿Quieres que vaya contigo y te lleve de la mano?

–No, por supuesto que no –dijo ella poniéndose rígida.

–No hay nada de lo que tener miedo –su voz se hizo más dulce–. Toma, llévate una vela.

–¡No pensaba recorrer la casa sin una vela! –dijo ella, llevándose la mano a la cabeza–, pero antes voy a quitarme este gorro.

Él la miró mientras se quitaba el gorro cubierto de nieve y se sacudía la melena dejando caer los negros mechones hasta la dulce curva de su pecho. ¡Qué gesto tan cautivador y elegante! Jay se preguntaba si lo había hecho de modo natural o lo había aprendido en su trabajo como modelo. «Mantén la mente en lo que tienes que hacer», se dijo a sí mismo.

Pero lo que tenía que hacer se estaba poniendo muy complicado. Mientras se arrodillaba en el suelo, sus ojos recorrieron las piernas interminables de la modelo y no pudo evitar sentir un latido en la ingle, la reacción natural ante una mujer bonita. Hacía mucho tiempo que no sentía algo así.

–Venga –dijo él en voz baja–, tengo la garganta seca.

–¿Cómo? ¡No me hables de esa manera! –dijo ella con gravedad.

–¿De qué manera hablas?

Era como si él fuera un cavernícola y ella su mujercita, preparando lo que él hubiera cazado ese día.

–¡Sabes exactamente de qué te estoy hablando!

–Quieres decir que no sabes tratar a un hombre que no esté rendido a tus pies, ¿no es eso?

–¡Yo no he dicho eso!

Si los pies no le dolieran tanto y si no hubiera temido que la vela se apagara, Keri habría salido corriendo de allí, pero Jay Linur no parecía ser el tipo de hombre al que se pudiera impresionar de ese modo, así que salió muy digna, con la espalda recta y la cabeza bien alta.

La perspectiva en la cocina no era muy esperanzadora. Había un viejo horno que había conocido tiempos mejores, una gran mesa de madera y un armario con unas cuantas latas y una caja de bolsitas de té polvorientas. Eso era más o menos todo.

Llenó una tetera eléctrica de agua, pero no funcionaba y entonces recordó que no había corriente eléctrica, así que volvió a la gran sala, donde él había conseguido encender una tímida llamita en la chimenea.

–¿Qué pasa? –preguntó él levantando la vista.

–La tetera no funciona. ¡No hay luz!, ¿recuerdas?

Él la miró con condescendencia.

–¿Y el gas? –levantó una ceja y después sacudió la cabeza–. No me puedo creer que no se te haya ocurrido.

Ella pensó en decirle que era modelo, no una exploradora, y que ni siquiera le apetecía tomar nada caliente, así que podía hacérselo él mismo. Pero había algo en su expresión que hizo que se contuviera. Estar allí atrapada era como una pesadilla, pero Keri sospechaba que la verdadera pesadilla sería si él no estuviera allí.

–No –admitió ella desafiante.

–Entonces te sugeriría que volvieras y lo intentaras otra vez.

Otra vez estaba dándole órdenes como si fuera una colegiala. Tenía que acabar con esa actitud y tal vez ese fuera el mejor momento.

–¿No te han dicho nunca que eres de todo menos encantador?

–Oh –se detuvo– ¿Acaso quieres que te muestre mis encantos, Keri?

En sus ojos había un aire retador y su voz sonaba falsamente empalagosa mientras le hacía la pregunta. Entonces ella notó una sensación poco agradable, demasiado difusa como para definirla; era casi como... Casi como si... no podía ser, sacudió la cabeza y le dedicó una sonrisa heladora e intimidatoria.

–¡En absoluto! Pero te agradecería que dejaras esa actitud de macho arrogante y mandón conmigo.

–No te gusta –dijo él mientras levantaba una ceja.

–¡Dime una mujer a la que le guste!

–Hay cientos –observó él, pensando en dos en particular.

–¡Pues a mí no!

Él la contempló mientras salía de la sala con aquella falda pecaminosa, imaginando lo suave que debía resultar su roce contra los muslos de Keri.

En la cocina, Keri se puso a investigar, intentando librarse de la extraña sensación que hacía que casi se sintiera mareada, como si la sangre hubiera empezado a correr más deprisa por sus venas. Podía notar su pulso más acelerado en las sienes, en las muñecas y... ¡allí! Sus mejillas se encendieron; de algún modo él le había hecho sentir aquello, la había hecho sentirse viva de un modo desconocido y no deseado, con sus suaves palabras y esas miradas desdeñosas.

¿Acaso había imaginado que se sentiría casi tímido estando con ella, como solían sentirse otros hombres? ¿Asombrado e intimidado por su aspecto y su trabajo? Sería normal en el caso de un hombre que se ganaba la vida como conductor, por muy guapo que fuera.

Se llevó las manos a las ardientes mejillas, enfadada consigo misma por una reacción física que parecía escapar de su control. Era importante que recordara no reaccionar cuando él la provocara. Si ella sonreía con serenidad ante sus provocaciones, pronto se aburriría y no lo haría más.

Encontró un viejo cazo en uno de los armarios y al cabo de un rato volvió llevando una humeante taza de té en cada mano, frustrada por haberse roto una uña en el intento. Al menos él había conseguido encender el fuego y las llamas habían hecho presa de uno de los troncos, bañando la sala de reconfortantes sombras anaranjadas.

Keri se quitó el abrigo y se acercó al calor del fuego lamentándose de lo poco práctica y cálida que resultaba su falda de cuero. ¿Cómo se le había ocurrido ponerse aquello en un día tan frío? Porque estaba muy de moda, se recordó a sí misma, y porque el diseñador le había suplicado para que la aceptara como regalo.

Jay Linur se había quitado también su vieja chaqueta pero, a diferencia de ella, no se había preocupado de ponerse un atuendo a la última. Llevaba ropa de abrigo y práctica: unos vaqueros algo gastados abrazaban sus largas y fuertes piernas y su torso se marcaba ligeramente bajo un cálido y oscuro jersey. La luz de la hoguera hacía brillar su pelo negro, algo despeinado y un poco largo, dándole un aire de bucanero que sintonizaba con el ambiente de la sala.

Ella se dio cuenta de que él parecía estar en su casa mientras se tumbaba indolente sobre la alfombra, vigilando el progreso del fuego, hasta que volvió la cabeza hacia ella para estudiarla con escaso interés.

Keri bebió de su taza e hizo una leve mueca al sentir que la uña rota le rozaba la palma de la mano.

–¿Te has hecho daño? –preguntó Jay.

–No, solo me he roto una uña. Además no puedo arreglármela porque me he dejado el neceser en el coche.

Él dejó escapar una breve carcajada.

–Fuera la temperatura es bajo cero, sigue nevando

y no hay señales de que vaya a parar, estamos perdidos Dios sabe dónde y lo único que te preocupa es una uña.

Keri se puso a la defensiva.

–¡No es por vanidad, si a eso te refieres! Resulta que mi trabajo depende del estado de mis manos, entre otras cosas, y en teoría la semana que viene tendré una sesión fotográfica para un anuncio de laca de uñas.

Era la primera vez que había sentido la necesidad de justificarse por su trabajo ante alguien. ¿Por qué ante él?

Jay bebió de su taza, preguntándose qué clase de mundo era aquel en que una uña rota podía significar algo más que eso. Desde luego no era un mundo en el que él quisiera vivir, eso estaba claro.

Al notar el sabor del té, él hizo una mueca de disgusto.

–¿Qué has puesto aquí? ¿Arsénico?

–Por favor, ¡no me des ideas! He puesto lo que había –dijo ella con sequedad–. En este caso, las bolsitas de té parecían de la Edad Media.

–No creo que tuvieran bolsitas de té en la Edad Media –respondió él.

Keri no pudo evitar reírse. Los límites, se recordó a sí misma.

–¿Tiene usted una respuesta para todo, señor Linur?

Él la miró fijamente: sus labios, tan femeninos, estaban entreabiertos, tan brillantes que parecían suplicar ser besados. Las bellezas de hielo cuyo estado de ánimo dependiera de su apariencia física no eran su tipo, pero no podía dejar de desearla.

–Hazme una prueba –murmuró él–. Pregúntame lo que quieras.

Allí estaba de nuevo aquel cosquilleo, esa sensación de haber perdido el control, como si hubiera bebido mucho champán. Keri tragó saliva.

–De acuerdo. A ver qué te parece esto para empezar... ¿Cómo piensas sacarnos de aquí?

Capítulo 3

JAY se encogió de hombros.
–No pienso hacerlo –dijo llanamente.
Keri levantó las cejas.
–¿Quieres decir que vamos a quedarnos aquí para siempre?
Él sonrió ante su sarcasmo. «No te preocupes, cariño», pensó él con amargura. «La idea me atrae tan poco como a ti».
–Es una propuesta interesante, pero no. No podemos hacer gran cosa, al menos hasta que deje de nevar. Hasta entonces tendremos que esperar.
La idea de quedarse allí la hizo sentirse más incómoda.
–¿Hasta cuándo?
–¿Quién sabe? Hasta que amanezca o hasta que alguien nos encuentre.
–¿Y eso cuánto tiempo será? ¡Ni siquiera has intentado pedir ayuda por teléfono! –lo acusó ella.
–Es que no hay teléfono. Ya lo he comprobado.
–¿Cómo puede ser que en el año en que estamos haya una casa sin teléfono?
Él se encogió de hombros. Era como si eso supusiese un alivio para él.
–Por la misma razón por la que no hay televisión. Creo que es una casa de vacaciones, y que sus due-

ños han decidido olvidarse de las comodidades modernas.

–¿Y por qué querrían hacer algo así?

–Lo normal. La televisión y los teléfonos producen estrés y a la gente eso no le gusta. Es por lo que a la gente le gusta salir a navegar, escalar montañas o comprar casas como estas: para escapar.

En su voz había un tono de dureza, el que usaría alguien para el que la palabra «escapar» tuviera un segundo significado. Keri empezaba a echar de menos la seguridad y la rutina, el refugio que era para ella su piso de Londres. Era un lugar limpio y moderno infinitamente distinto de aquel sitio. Allí la calefacción funcionaba simplemente dando un botón mientras los coches y taxis circulaban sin problemas por la calle.

Aquel era un mundo en el que los hombres iban vestidos de lino y seda y le decían a una cosas bonitas, no te criticaban y después te miraban con condescendencia como si fueses torpe.

Ella clavó la mirada en el fuego.

–Resulta irónico –dijo ella, y se dio cuenta de que el eco hacía que el sonido de su voz retumbase por toda la sala–: una casa pensada para escapar y resulta que ahora somos nosotros los que no podemos salir de ella.

–Podríamos estar peor –dijo él–. Al menos estamos dentro.

Así era. Y estaban a solas. Keri no se había equivocado, no había normas preestablecidas para una situación como aquella, así que tendrían que irlas definiendo sobre la marcha.

–Entonces, ¿qué vamos a hacer?

–Bueno, lo primero es comer algo –dijo él, incorporándose.

–¿Comer? –repitió ella asombrada.

–¿Acaso tú no comes? –la miró a la luz del fuego y pensó que era todo huesos, ángulos y sombras y unas piernas finas y largas–. No mucho, a juzgar por tu aspecto.

La falda de cuero se ajustaba a sus caderas, que eran tan estrechas como las de un muchacho, y sus pechos eran pequeños como los de una jovencita. A Jay le gustaban las mujeres con curvas firmes y redondeadas, y las caderas suaves para agarrarlas y atraerlas hacia sí y catapultarlas al placer.

–Por muy raro que parezca, ahora mismo no se llevan mucho los cuerpos rellenitos –dijo ella secamente.

–Y no entiendo por qué.

–Porque, y eso es así, la ropa sienta mejor si estás delgada.

Jay esbozó una media sonrisa.

–Pero la desnudez sienta mejor si estás un poco más llenita, ¡y eso es así!

–Bueno, estás convirtiendo esta conversación en algo muy soez.

¿Acaso ella pensaba que la desnudez era algo soez?

–No lo pretendía.

–¿Estas diciendo que no te gustan las mujeres delgadas?

La miró con los ojos entrecerrados.

–Cuidado, Keri –dijo él en voz baja–. Parece que estés buscando que te haga un cumplido y supongo que tú recibes más que la mayoría de las mujeres.

Sí, así era. Era parte del lote que venía con su trabajo y con su aspecto. A los hombres les gustaba mirarla y que los vieran con ella. Estaba muy familiarizada desde la adolescencia con la expresión «mujer florero». La belleza también podía ser una espada de doble filo. Eso también lo había aprendido en su trabajo y a veces había deseado que la gente pudiera ver a la persona y no solo la cara bonita, alguien con las mismas inseguridades que cualquier mujer.

En un gesto defensivo, se pasó la mano por el pelo.

–Ahora no hay por qué preocuparse, supongo. Debo estar como si me hubieran arrastrado varios kilómetros por el suelo.

Al ponerse el gorro se había despeinado, así que ahora la melena de ébano caía sobre el suave suéter que llevaba. Las pálidas mejillas estaban coloreadas de rosa a causa del calor del fuego y la fatiga de la caminata por la nieve. Aun así, en aquel momento resultaba mucho más atractiva y real que la princesa de hielo adornada con diamantes que había posado para la cámara unas horas antes.

–Por si te interesa saberlo, tienes un aspecto algo... salvaje –dijo él–. Como una ninfa de los bosques a la que acaban de despertar después de un largo sueño.

A Keri nunca le habían dicho que tuviera un aspecto «salvaje» y tampoco la habían comparado con una ninfa, así que la poesía encerrada en sus palabras le resultó tan seductora que por un momento sintió una oleada de placer, hasta que se dio cuenta de que era una locura. Una enorme locura.

Los egos de las modelos solían ser de una fragilidad especial, inevitable en un trabajo en el que la crítica al físico era tan dura, pero quería pensar que el suyo no era tan frágil como para necesitar las alabanzas de un conductor con aspecto oscuro y misterioso.

De repente se sintió como un pececito nadando en aguas desconocidas.

–¿No habías dicho algo de comida?

–Sí –dijo él, levantándose y preguntándose si sabría lo bonita que estaba cuando perdía el aire de reina de las nieves y se humedecía los labios de aquella manera–. ¿Qué te parece si hacemos un justo reparto de tareas? Yo iré a buscar más combustible para el fuego y tú intenta preparar algo para cenar.

–¡Ja!

–¿Qué?

–Que no sé cocinar. Nunca lo hago –corrigió ella rápidamente al verle fruncir el ceño.

–No espero que hagas un asado de cordero para impresionarme –respondió él–. Haz cualquier cosa.

¿Impresionarlo? ¡Ni en sueños!

–No hay –dijo Keri con intención– mucho que comer que se diga, aparte de unas pocas latas.

–Pues empieza a abrirlas –dijo Jay, arrojando otro tronco al fuego.

Pero Keri descubrió que era más fácil decir las cosas que hacerlas, porque el abrelatas tenía aspecto de pieza de museo.

Jay entró en la cocina y la encontró golpeando una lata contra la mesa. «Genial», pensó.

–¿Disfrutando del momento? ¿O tienes problemas?

–¡Prueba tú a abrir una lata con esto!

Le pasó la lata y él leyó la etiqueta. Su voz sonó gélida.

–¿Melocotones en almíbar?

–Bueno, desde luego no hay fruta fresca por aquí.

–¡Eso no es lo que quiero decir! –explotó él.

–Tampoco hay muchas opciones.

–¡Si te crees que yo sobrevivo de melocotones en lata, estás muy equivocada!

–Bueno, ¿Te importaría abrir la lata entonces para mí?

Abrió la lata con rapidez y Jay la apartó de sí como si estuviera contaminada para ponerse inmediatamente a inspeccionar el armario hasta que sacó un paquete de espaguetis y una lata de salsa de carne que colocó de un golpe sobre la mesa.

–¿Qué hay de malo con esto?

Ella sospechaba que sería un error intentar explicarle sus necesidades dietéticas, pero decidió hacer un intento.

–No como trigo.

Jay estaba asombrado. ¡Las mujeres y sus estúpidas manías con la comida!

–Bueno, pues yo sí –dijo fríamente–, así que ¿te importaría cocerlos para mí? –vio cómo ella abría la boca para protestar y la interrumpió–. A no ser que prefieras encargarte del fuego...

Ella no dejó de notar su mirada retadora y burlona; él sabía perfectamente que ella no se había ocupado de un fuego en toda su vida, como mucha gente a la que conocía, así que ¿por qué intentaba hacerla sentirse mal por ello? Solo porque él supiera comportarse como un hombre de las cavernas no era necesario que el resto del mundo fuera como él. De acuerdo, le haría la comida.

–Yo cocinaré.

–Bien.

Se dio la vuelta y salió de la cocina sin más, pensando que era innegablemente muy bella, pero tan necesaria como un iglú en medio de una ola de calor. Echó una mirada al fuego y se acordó de un par de armarios que había visto en la planta superior. Tal vez pudiera encontrar allí unas cuantas mantas. La idea de pasar la noche con ella hizo que la venas de las sienes empezaran a palpitar con fuerza y entonces recordó que había una habitación que no habían explorado. Tal vez allí encontrara algo con lo que aliviar la tensión.

Cuando volvió a la cocina, en su cara había pintada una expresión triunfal y, en su mano, una botella de vino, que colocó con cuidado sobre la mesa.

–¡Mira esto! ¿No es increíble?

Con desgana, Keri miró por encima de la olla humeante. Se había quemado la mano con agua hirviendo que le había salpicado al echar los espaguetis.

–Una botella de vino ¿Qué tiene de increíble?

–No es una botella de vino cualquiera –replicó él, pasando los dedos con reverencia sobre la etiqueta, como si se tratase de la piel de una mujer–. Resulta ser una botella de St. Julien du Beau Caillou.

Su voz expresaba admiración y su acento francés parecía perfecto. Keri no podía estar más asombrada.

–¿Entiendes de vinos?

Los ojos de Jay brillaron; por el tono de la pregunta se adivinaba el motivo de su sorpresa.

–Te sorprende de un simple conductor, ¿no? –le espetó él–. Seguramente pensabas que me gustaba más la cerveza.

–No es que haya pensado mucho en ello realmente.

«Mentirosa», pensó él.«Pensabas que respondía al estereotipo». Aunque, pensándolo bien, él había hecho lo mismo con ella.

Cuando encontró un sacacorchos, levantó una ceja y preguntó:

–¿Tomarás una copa conmigo, Keri? –inquirió él–. ¿O te inclinarás por un vaso de agua?

En situaciones normales, ella habría elegido el agua, pero aquella noche sentía la necesidad de tomar una copa de vino como nunca antes. Además ayudaría a que el tiempo pasara más rápido y tal vez calmara un poco sus nervios para dormir mejor.

Ni siquiera quería pensar en cómo iban a arreglárselas para dormir.

–Si, tomaré una copa de vino contigo –respondió ella.

–Oh, ¡qué deferencia por tu parte! –murmuró él.

Sacó el corcho y el significado sexual de aquella acción, como de costumbre, no le fue indiferente.

Keri miró la olla e hizo una mueca. Había visto platos más apetitosos servidos en un tazón de comida para perros.

–¿Lo sirvo?

Mientras buscaba vasos en un armario, Jay miró hacia ella y dijo:

–Estoy impaciente.

Sirvió dos vasos de vino y la observó mientras agarraba la pesada olla con las dos manos e intentaba llevarla hasta el fregadero. Sus muñecas eran tan finas que parecía que fueran a partirse como una ramita seca.

–No he podido encontrar un colador por ningún sitio.

–Déjame a mí –dijo él remangándose el jersey; tomó la olla antes de que ella la dejara caer, utilizando la tapa para escurrir el agua sobrante–. No puedo creer que hayas llegado a los... ¿cuántos años tienes?

Ella supuso que no serviría de nada decirle que no era asunto suyo.

–Veintiséis.

–¡Veintiséis! ¡Y no puedes ni siquiera hacer unos espaguetis!

–¡Estamos en el siglo XXI y no hay ninguna ley que diga que las mujeres tienen que saber cocinar!

–¡Pobre del hombre que se case contigo! –dejó escapar él.

–Bueno, tampoco tienes que preocuparte por eso –respondió ella, con menos vehemencia de lo que hubiera querido porque se había distraído al ver sus brazos, morenos y musculosos, cubiertos ligeramente de vello negro. En la muñeca tenía una fina tira de cuero.

–¿Quieres decir que no hay ningún firme candidato a la vista? –dijo él, con un nuevo interés acelerándole el pulso.

Aquel tono de voz no le resultó indiferente a Keri y sus ojos se encontraron durante un momento de silencio. Fue tan impactante que ella creyó haberse convertido en una estatua de piedra o de barro. Más bien de barro, más moldeable que la piedra, que era como se sentía en ese momento. Barro maleable, húmedo y resbaladizo.

Keri estaba acostumbrada a que los hombres la miraran con interés, ya le había pasado antes, pero nunca con un efecto tan devastador. Sus ojos solo habían chispeado durante un momento y la dura sonrisa había sido tan breve como un suspiro, casi una ilusión, pero había sido suficiente.

Suficiente para acelerar los latidos de su corazón a cien por hora, luchando contra la idea de que aquel hombre era muy distinto de todos a los que había conocido antes. Fuerte, hábil, duro y que, inexplicablemente, podía leer la etiqueta de una botella de vino francés con un acento perfecto.

Deseaba decirle: «No me mires así», quería decirle que no tenía ni una remota posibilidad, si eso era en lo que estaba pensando, aunque Keri se preguntaba en aquel momento cómo sería la sensación de ser abrazada por él.

–¿Keri? –susurró él.

Su voz sonaba muy lejana, al igual que lo hizo su respuesta, carente de la frialdad habitual.

–¿Sí?

–Trae un par de platos, por favor.

Él vio en sus ojos que ella también había sentido la atracción, la química que había entre los sexos opuestos y que a veces te invadía cuando menos te lo esperabas. Aunque aquello no era verdad del todo: él lo esperaba. Pon juntos a un hombre y a una mujer atractivos, dales las circunstancias adecuadas y el resultado era fácilmente predecible. Jay estaba acostumbrado a que las mujeres lo buscaran desde que tenía edad para ello.

Pero Miss Fotogenia era distinta: ella ponía límites, probablemente fueran necesarios con su aspecto físico, a los hombres que querían estar con ella, ¿y qué hombre en su sano juicio no lo desearía? Tampoco era fácil hacer que una mujer así lo deseara a uno, a no ser que jugara bien sus cartas.

Keri dejó el plato sobre la mesa con mano temblorosa.

–¿No vas a comer? –preguntó él.

–No voy a comer eso –dijo ella–. Tomaré los melocotones.

–¿Estás de broma?

–No, Jay. Serán suficiente. Y tú tampoco deberías comer mucho antes de... quiero decir, a estas horas.

Iba a decir «antes de acostarte», pero se había mordido la lengua a tiempo.

–Como quieras.

Se encogió de hombros y empezó a comer, complacido por el modo en que ella había pronunciado su nombre, lenta y suavemente, con una dulzura especial.

–No pensarás comerte todo eso tú solo, ¿no?

–Tengo mucho apetito –dijo él, guiñándole un ojo.

Keri sintió que le temblaban las piernas. Aquello era terrible, aquella tensión sexual de la que era imposible librarse a pesar de que intentaba recordarse a sí misma que él era solo el conductor.

–Tendrás que tener cuidado –dijo mientras se servía varios melocotones en un plato–. O todo ese músculo se convertirá en grasa.

–No lo creo. Si estás activo, no tienes por qué engordar, y yo soy muy activo –dijo él–. Ahora vamos a llevarnos esta comida a la sala. Podemos sentarnos frente al fuego y...

–¿Y qué? –preguntó ella, alarmada.

–Y podrás contarme la historia de tu vida.

Capítulo 4

KERI habló y habló como cuando era una adolescente y sentía la necesidad de analizar todas sus emociones.

No tenía sentido negar que era un hombre muy atractivo y que se sentía muy atraída por él de un modo algo confuso, pero eso no era sorprendente, ya que ella no era de piedra. Se había puesto al mando y les había llevado sanos y salvos hasta allí y aquello también resultaba atrayente; hasta entonces ella nunca se había planteado la necesidad tan femenina y adulta de tencr un hombre que te pudiera proteger.

Además, aunque estaba acostumbrada a verse rodeada de hombres guapos y musculosos, eran productos de gimnasio, mientras que Jay parecía haber nacido así de fuerte y hábil. Pero el aspecto físico era tan solo el envoltorio del paquete, y ella era consciente más que nadie de lo que eso podía esconder. Él era diferente a los demás por la confianza en sí mismo que parecía tener.

Desde luego, era sorprendente que todas estas cualidades estuvieran reunidas en un conductor, y especialmente porque él no se sentía intimidado, en aquellas condiciones, por la presencia de una mujer frente a la cual los hombres más seguros de sí mismos se quedaban sin habla.

Quizás fuera porque no tenía nada que perder por lo que la trataba de aquel modo tan poco habitual, como si fueran simplemente un hombre y una mujer. Al final, era simplemente eso: un hombre capaz de manejar un momento de crisis pero al que probablemente no volviera a ver nunca una vez superasen aquello. Así que mejor sería olvidar aquella figura y dejar de mirar a escondidas aquel cuerpo tan llamativo.

El fuego rugía con toda su fuerza y ella vio la pila de mantas que había dejado cerca de las llamas para caldearlas.

Keri intentó olvidarse de las implicaciones de las mantas, pero... ¿cómo iban a dormir? Intentó concentrarse en el dulce olor que despedía el fuego.

–Es madera de manzano –la informó él–, y un poco de lavanda seca que he encontrado en una cesta. Huele bien, ¿verdad?

Keri afirmó con la cabeza antes de sentarse en el suelo a su lado. Allí estaría más calentita, pero la situación parecía demasiado íntima y además la luz de las llamas y las velas creaban en la habitación una atmósfera muy romántica, por más que intentara convencerse a sí misma de que aquello era solo una ilusión.

Jay le sirvió el vino. Cuando estaba pensativa como en aquel momento tenía un aire deliciosamente joven, más suave y dulce. Pero las modelos, y él conocía a unas cuantas, tenían que ser duras y podían tener tantas máscaras que al final uno se preguntaba si había algo debajo de ellas.

–Ten –dijo él.

–Gracias.

Cuando ella se volvió para tomar el vaso de su mano, se quedó helada ante el brillo investigador que lucía en sus ojos, como si estuviera examinándola con una lupa.

–Come –dijo él con ironía–. ¡Esos melocotones tienen un aspecto realmente apetitoso!

Keri había educado su apetito rigurosamente con el paso de los años. Había aprendido a asumir el hambre como un estado natural y, a diferencia de muchas compañeras, no fumaba. Cuando sentía ganas de comer, solía salir a pasear o ponerse a leer. Era una terapia de distracción imposible en aquel lugar.

Comió un melocotón y bebió un poco de vino, intentando ignorar el olor de la comida de Jay y no mirarlo mientras comía. ¿Cómo una salsa enlatada podía tener un aspecto tan apetitoso?

Durante un rato, él no dijo nada, solo comió lentamente recreándose en saborear la comida. Después, le pasó el tenedor.

–Ten, pruébalos –sugirió.

–No como trigo ni carne, ¿recuerdas? Especialmente si es de lata –el olor era tentador, pero Keri puso un gesto de desagrado.

–Como quieras –respondió él llevándose el tenedor a la boca.

Ella era consciente de lo que estaba haciendo: tentarla para que comiera aunque no quería hacerlo, pero por otro lado estaba la hambrienta Keri, a la que no le importaba nada.

–Venga –dijo él–, sabes que te apetece.

Sus ojos brillaban y el tenedor estaba a solo unos centímetros de su boca. Keri respondió por instinto abriendo la boca. Jay no le dio tiempo a pensárselo dos veces e introdujo la comida en su boca.

Ella cerró los ojos y masticó con fruición, y con

cierto temor también de ver la mirada triunfal en su cara, pero el placer y el instinto fueron más fuertes y dejó escapar un gemido.

–¿Te gusta? –murmuró él.

En sus ojos, no había burla, sino alivio, como si disfrutara de ese momento con ella.

–Está delicioso –respondió Keri mirándolo.

Jay volvió a enrollar los espaguetis en el tenedor y se los ofreció diciendo:

–¿Ves lo que te estabas perdiendo?

Ella meneó la cabeza

–No, de verdad. No puedo.

–Calla –su voz era firme pero dulce–. Y come.

Ella volvió a comer.

–No, no debo tomar más, Jay. Me estoy comiendo tu cena.

Jay pensó decirle que él había puesto deliberadamente suficiente comida en el plato para los dos, pero al final decidió no hacerlo. Tal vez se pusiera a la defensiva.

Los dos comieron con el mismo tenedor, pasando de una boca a otra en un gesto cargado de erotismo. Lo único que rompía el silencio era el chisporroteo del fuego y ella sentía su mirada clavada en ella, haciéndola incapaz de moverse o casi respirar.

–Una para ti, otra para mí...

Keri abría la boca como un niño obediente. La comida la estaba llenando de calor y fuerza, pero era un tipo de fuerza extraña. Se dio cuenta de que nunca antes se había dado cuenta de que el acto de comer entrañaba un alto significado sexual.

Pronto el plato estuvo vacío y Jay la miraba con satisfacción.

–Qué pena que se haya acabado todo. Me estaba gustando. Me refiero a darte de comer, no a la comida.

–Sí –dijo ella, tomando un trago de vino.

En el plato de Keri descansaban aún los melocotones, dorados y relucientes. Jay se dio cuenta al mirarlos de que su deseo aumentaba.

–Aún nos queda el postre –dijo casi retador–. Pero ahora te toca a ti.

Keri era incapaz. Solo pensar en deslizar la fruta en su boca aumentaba su nivel de nerviosismo. Seguro que le temblaba la mano y él se daría cuenta de lo que estaba pensando.

Las piernas y los brazos le pesaban deliciosamente. Se sentía aletargada de pies a cabeza, así que dijo:

–No, no puedo más, gracias. Pero come tú si quieres.

A Jay no le interesaban los melocotones a no ser que se los diese ella, pero la breve expresión de desencanto fue pronto sustituida por otra de expectación. Pensó en la rubia a la que había perseguido los dos últimos meses; ella tampoco le habría dado de comer, pero seguro que estaba ya medio desnuda y encima de él.

Había pasado mucho tiempo desde la última vez que había deseado algo y había tenido dudas sobre si lo conseguiría.

–Yo tampoco quiero –dijo recostándose en el sofá con el vino en las manos, contemplando el fuego–. Entonces ¿desde cuándo eres modelo?

La pregunta rompió aquella atmósfera tan incómoda para Keri. El vino le había soltado la lengua y hablar de aquello le pareció preferible.

–Desde que estaba en el instituto.

Él parecía estar muy a gusto allí, tumbado y apoyado

sobre un codo, con las rodillas dobladas, con el vino enviando reflejos de rubí a sus manos. Sin darse cuenta se encontró imaginando esos dedos correr sobre su cuerpo. «¿Keri, desde cuándo tienes fantasías como esa?».

–¿Sí? –se la imaginaba con coletas y el uniforme del colegio.

–Estaba visitando Londres con mi hermana.

–¿Ella es modelo también?

–No. Es viuda y tiene un niño –intentó cambiar de tema, aquello era doloroso–. Estábamos tomando un café en Waterloo Station y una mujer se acercó a mí y me dijo que si me apetecía ser modelo.

–Igual que en las películas.

–Algo así.

–¿Y habías pensado en ello antes?

–Bueno –dijo Keri, encogiéndose de hombros–, había pensado en ello, la gente me decía que podía probar...

–¿Pero?

–A mí lo que me gustaba era el diseño de interiores. Además, me parecía que era demasiado alta y delgada.

–Tal vez no fueran las mejores cualidades para hacer carrera frente a una cámara –observó él.

Ella también lo había pensado, pero pronto descubrió que aquella chica delgada e insegura se convertía en otra persona distinta cuando estaba frente a una cámara. Entonces le resultaba fácil pretender que tenía confianza en sí misma y que se sentía cómoda con su cuerpo.

–Tuve suerte –dijo ella–. Toda mi inseguridad desaparecía delante de una cámara y mi cara resultaba más favorecida en las fotos que al natural.

Él no estaba de acuerdo con eso. Ella era más cercana y accesible al natural, mucho más femenina que en las fotos.

–La cámara te quiere, ¿no?

–Por ahora... Tocaré madera.

–¿Qué ocurrirá cuando ese amor desaparezca?

Keri frunció el ceño. Había puesto el dedo en la llaga, en el miedo inconfeso de cualquier modelo.

–Hay gente que sigue trabajando muchos años.

–No te he preguntado por la edad, sino por el momento.

Keri tomó un sorbo de vino porque le resultaba difícil contestar. Él parecía muy cómodo haciéndole ese tipo de preguntas y ella no podía pensar en una respuesta que fuera totalmente satisfactoria para los dos. ¿Que a veces había soñado con una vida normal, con casarse y tener hijos? Si decía eso, podría parecer como si no se sintiera completa por el hecho de no tener un hombre. Y eso no era verdad . Solo esperaba que él no se hubiera dado cuenta de que sus mejillas habían enrojecido, aunque siempre podía achacárselo al fuego...

–Nunca he pensado mucho en el futuro.

–Así que dejaste lo del diseño de interiores...

–Pues sí, algo así –lo miró y sus ojos se encontraron–. He hecho algunos proyectos por diversión: mi casa, la casa de mi hermana y me lo pasé muy bien.

–¿Por qué no cambias de profesión?

–Porque creo que he llegado a una edad en la que es un poco difícil empezar de cero –le hizo notar ella con cierto sarcasmo–. Y no estoy segura de que eso sea lo que quiero. Al menos, por ahora.

–Siempre podrías empezar por tu cuenta.

¿Desde cuándo era él un consejero profesional?

Su posición no era lo suficientemente cómoda como para ofrecer consejos a los demás, así que ella le devolvió la pregunta.

–¿Y tú? ¿Quieres seguir siendo conductor para siempre?

El énfasis que puso en la palabra «conductor» no le resultó indiferente y Jay sonrió mientras rellenaba los vasos. Estaba claro que ella quería marcar las distancias y remarcar su estatus inferior al de ella. La gente daba demasiada importancia al estatus profesional y no les dejaba ver lo que había realmente detrás de la persona.

–Eso es lo fantástico de este trabajo. Llega con tanta facilidad como se va.

Lo dijo con tanta sencillez... ella nunca se relacionaba con hombres que no antepusieran su ambición profesional a todo lo demás.

–¿Y siempre has sido conductor?

A Jay casi se le escapó una carcajada y, si no hubiera estado tan seguro de sí mismo, se habría podido ofender ante la pregunta. ¿Acaso creía que él podía sentirse feliz sentado detrás de un volante, llevando y trayendo a gente como ella, tan lejos de la realidad que parecían venir de otro planeta?

La verdad era que no le gustaba hablar de su pasado. A la gente, a las mujeres especialmente, les encantaba entrometerse en una vida como la suya, con grandes dosis de adrenalina, peligro y disciplina. Su gesto se endureció.

–No siempre.

Al ver su expresión, ella empezó a estar interesada en lo que él evitaba contar. Además estaba acostumbrada a hombres encantados de hablar de sí mismos...

–¿Qué hacías antes?

–Estaba en la Marina de los Estados Unidos. En el cuerpo de los SEAL –dijo escuetamente.

Keri hizo un gesto de extrañeza, pero él no parecía estar bromeando.

–¿Qué es eso exactamente? He oído hablar de ese cuerpo, pero no sé qué hacen exactamente.

Él se relajó. Por eso había decidido volver a Inglaterra, allí no había tanta expectación en torno a los miembros de los SEAL, tanta admiración como había vivido desde los dieciocho años.

–Bueno, es una combinación de buzo y paracaidista –explicó brevemente, como siempre hacía–. Hacemos explotar artefactos, buceamos en las profundidades y saltamos desde altitudes de vértigo.

«Y siempre conseguimos a la chica guapa».

–¿Eras oficial?

Entonces Jay rompió a reír. Aquellas ligeras diferencias debían ser importantes para ella.

–Sí, Keri. Tenía graduación de oficial –respondió él con gravedad.

Aquello explicaba muchas cosas: su fuerza, la capacidad de salir de situaciones difíciles y un cuerpo como aquel, resultado de años de entrenamiento. Además también se explicaba su acento y su facilidad para romper las barreras sociales, más típica de los americanos que de ingleses.

–Así que... ¿eres americano?

Su cuerpo se estaba relajando, las largas piernas que Jay había admirado al verlas reflejadas en el retrovisor, la escueta visión del liguero de encaje... El recuerdo volvió a acelerarle el pulso. Tal vez consintiera en contarle todo lo que ella quisiera si así estaba más cómoda.

–Mitad americano y mitad británico –dijo él–. O tal vez no sea ni una cosa ni otra. A veces uno se ve entre dos culturas.

En otro momento, él habría cambiado de tema, pero ella parecía interesada y ahora la situación era muy especial.

–Crecí en los dos países después de que mis padres se divorciaran. Mi padre era americano y mi madre, británica. Tengo doble nacionalidad y por eso pude entrar en el cuerpo.

Por eso y porque había pasado unas duras pruebas destinadas a seleccionar a los mejores entre los mejores.

Keri parpadeó confundida. ¿Acaso estar en la Marina era peor que ser conductor?

–Y... ¿tuviste que dejarlo?

–¿Quieres decir, si me echaron?

–No, no me refería a eso.

–Sí, claro que sí. Pues no, no me echaron. Había llegado el momento de dejarlo.

–¿Te habías cansado?

Sí, se había cansado. Demasiadas evidencias de la fragilidad humana, de la brevedad de la vida y de lo inevitable de la muerte. Se necesitaba una voluntad de hierro y una enorme confianza en uno mismo y, si esta desaparecía, no servías para nada ni para nadie.

–Algo así –respondió escuetamente, y entonces ya no pudo evitar volver a recordar, no con tanta intensidad como antes, pero aún era doloroso. Eran recuerdos de muerte y traición a años luz de las experiencias de un hombre de la calle. El honor, siempre el honor y el servicio a los demás–. Estos trabajos tienen una duración determinada. Un poco como el tuyo, de hecho.

Por primera vez, Keri apreció una pequeña cicatriz en su cara. Alargó la mano como para tocarlo, pero no llegó a hacerlo.

–¿Cómo te hiciste eso?

–Oh, no sé muy bien –dijo él sin interés.

Keri sabía cuándo debía parar e intentó centrar su atención más allá de la cicatriz. Se sentía desorientada: estaba sola en un lugar desierto con un hombre al que apenas conocía, un hombre con la cara marcada que parecía un hombre de verdad.

Debía sentirse asustada, pero en su lugar se sentía a gusto, acunada por la dulzura del vino. Estiró las piernas y se puso cómoda, aunque algo le decía que había algo que no iba bien... pero solo intentaba pasarlo lo mejor posible. Se estaba dando cuenta de que aquello no iba tan mal; el hecho de que hubiera estado en la Marina la ayudaba a sentirse segura con él, más que si solo hubiera sido un conductor.

Lo miró y se dio cuenta de que él la observaba con curiosidad. No retiró la mirada. Sus ojos eran oscuros, no podía distinguir el color. Una extraña sensación de conciencia empezó a acariciar su piel.

Jay vio como ella se relajaba del mismo modo que una mujer se relaja después de haber tenido un orgasmo y sintió el tirón irresistible del deseo que le hizo dejar la copa de vino a un lado.

Había momentos para actuar y para observar, y él habría apostado a que ella deseaba que él actuara en ese instante. ¿Y por qué no? Tenían toda la noche...

Los ojos de Keri estaban casi cubiertos por el largo flequillo negro. Él lo tocó con los dedos, pero no se lo retiró. Su piel era tan suave que no movió la mano de allí y empezó a enrollar un mechón sobre un dedo.

Todo aquello parecía tan evidente. Tal vez hubiera debido apartarle la mano, pero todo lo que pudo hacer fue pronunciar su nombre:

–Jay...

–¿Hum? ¿No te gusta que te arregle el pelo? Está un poco despeinado...

Pero no era eso lo que estaba haciendo y ella lo sabía. Él dejó el mechón y siguió con sus dedos el contorno de su preciosa cara. Aquel gesto tan inocente y tan erótico a la vez la hizo temblar.

–¿No te gusta?

–Está bien –admitió ella.

–¿Solo bien? Parece que estoy perdiendo facultades –presumió él.

Aquella arrogancia debía haber hecho saltar sus defensas, pero Keri sentía una enorme curiosidad por saber más de sus facultades. Ella no creía que estuviera perdiendo nada y, cuando le acarició el cuello, levantó la cabeza para ponerse a su disposición, a la vez que una oleada de calor invadía todo su cuerpo.

Keri se sentía arrastrar por la excitación llevada por sus caricias, como si estuviese accionando mecanismos de placer que ella no sabía que estaban en su cuerpo. ¿Cómo unas simples caricias podían ser tan eléctricas?

–¿Esto... esto está bien? –preguntó ella con voz entrecortada.

Capítulo 5

JAY estuvo a punto de contestar que no estaban haciendo nada, pero solo sonrió.

–No es un delito que te toque, cariño.

–No me refería a eso.

–Ya entiendo –su expresión se volvió pétrea–. No es muy profesional que el conductor y su cliente...

Sus ojos se abrieron como platos al oír la palabra con un significado implícito tan confuso, pero él se echó a reír.

–No estoy de servicio, Keri –explicó él–. Y tú tampoco estás trabajando. Lo que hacemos en nuestro tiempo libre es solo asunto nuestro, ¿no?

Dicho así, tenía sentido.

–Sí –dijo ella–. Supongo que tienes razón.

No podía pensar con claridad; estaba confundida por sus caricias, por el brillo que despedían sus ojos, por el deseo de que siguiera tocándola, pero no en el cuello...

–¡Qué cuello tan bonito! –dijo él con voz grave, como de experto en la materia–. Tan blanco, con una curva tan dulce...

–Gracias –murmuró ella, de nuevo arrobada por sus elegantes palabras, tan discordantes con la dureza de su aspecto físico.

Ella sonrió y Jay le devolvió la sonrisa, consciente

de lo que una mujer deseaba cuando sonreía de aquel modo. Ella era inesperadamente dócil y él se inclinó para besarla donde antes la había acariciado, abriendo levemente los labios.

La respuesta en forma de temblor por parte de ella no se hizo esperar, como tampoco la presión de sus uñas clavándose en los hombros de Jay.

–¡Oh! –gimió ella.

Él siguió besándola en el cuello, consciente de que deseaba que la besara en los labios, pero también sabía que la mejor manera de encender la pasión de una mujer era hacerla esperar. Ella se movía inquieta, ardiendo de deseo, y a Jay cada vez le costaba más hacerla esperar.

Los labios se alejaron del cuello, le tomó la cara entre las manos y la miró antes de unir su boca a la de ella. Fue un beso largo, profundo y apasionado.

Keri abrió los labios, ansiosa, y no protestó cuando él la llevo al suelo en sus brazos, lo que hizo que Jay se excitara aún más.

Había esperado una mujer de hielo, no de fuego... sus manos exploraron los largos muslos de la modelo, casi esperando que ella se alejase y lo reprendiera, pero ella no hizo eso en absoluto, sino que dejó escapar un suave gemido de placer. Sonrió mientras deslizaba la mano cada vez más arriba, encontrándose con el encaje provocador de sus ligas y la suave piel por encima de estas. Estaba claro que aquella vez su primera impresión había sido errónea; ella era mucho más apasionada de lo que había creído.

Ella tembló de placer al notar sus dedos recorriendo sus muslos.

–¡Jay! –susurró.

–¿Umm?

La boca de Jay estaba ocupada sobre sus pequeños pechos, acariciándolos por encima del fino jersey que llevaba. Entonces, la miró y volvió a besarla.

–¡Oh, Jay! –gimió ella.

–¿Qué ocurre? –dijo él, sin dejar de explorar su cuerpo con los dedos.

–¡Esto es maravilloso! –su voz sonaba asombrada–. ¡Maravilloso!

–Para mí también –dijo mientras llevaba su mano hasta la deliciosa humedad de sus braguitas.

Ella tembló y gimió hasta que él volvió a besarla, sintiéndose como si tuviera dinamita pura entre las manos.

Él estaba tan excitado que le faltaba poco para explotar y tal vez fuera por lo inesperado de todo aquello. Tomó aliento y se obligó a calmarse, aunque no fuera aquello lo que ella parecía querer. Jay sabía lo suficiente de mujeres como para adivinar que Keri estaba cerca del clímax. Sin miramientos, le subió la falda y ella abrió las piernas para él. Estaba húmeda y caliente, y él contuvo la respiración mientras le quitaba las braguitas. Ella lo deseaba tal vez incluso más que él.

En aquel momento ella estaba totalmente dispuesta y él descubrió, no sin sorpresa, que estaba completamente depilada. Aquello le hizo desear tomarla inmediatamente, pero supo contenerse... la disciplina había jugado un papel muy importante en su vida.

–¿Qué hacemos ahora? –susurró él dulcemente.

–¡Todo! –gimió ella.

Ella era toda pasión y deseo, y él no podía resistirse a una invitación así.

Keri sintió una punzada de desencanto cuando notó el cosquilleo de su pelo entre sus piernas. Nunca le había gustado aquello, nunca había dejado... Y en ese momento sintió cómo sus labios acariciaban sus muslos y su lengua buscaba su zona más íntima. Entonces, dejó escapar un leve grito de placer. Era como si la hubieran catapultado a otra dimensión, como si su cuerpo tuviera vida propia. Empezó a mover la cabeza de un lado a otro, asombrada de dejar escapar aquellos grititos.

–Oh, Jay –gimió–. Jay, Jay, ¡Jay!

Una sensación de una intensidad desconocida la invadió y, en el fondo de su pensamiento, una vocecilla le susurró que no debía dejar que aquello pasara, tenía que detenerlo. Pero era incapaz, no podía... no quería.

Le estaba ocurriendo algo que deseaba con todas sus fuerzas, algo que la llenaba de calor y deseo, y casi tenía miedo de que no consiguiera llegar al final.

–¡Jay! –suplicó ella.

Él no contestó. Estaba muy ocupado dirigiendo sus sensaciones con la punta de su lengua, saboreando el inconfundible sabor de una mujer y pronto oyó sus sollozos.

Keri oía sus propios gritos, salvajes y apasionados, pero casi no los reconocía como suyos, ya que nunca antes había gritado. Era como si estuviera desesperada, ansiosa y deseosa a la vez.

Él notaba su tensión y sabía que estaba muy cerca, así que lamió lujuriosamente hasta que sintió los espasmos de su cuerpo contra su boca. Le sujetó las caderas mientras ella se apretaba a él, saboreando aquella dulce rendición. No tenía fin y recordó haber leído que las mujeres depiladas como ella eran más sensibles que el resto. ¿Lo habría hecho por eso? ¿Para tener orgasmos más potentes? Entonces sí que la habría juzgado mal.

Keri recuperaba el aliento poco a poco mientras se recreaba en el placer sentido. Ahora comprendía por qué el sexo cambiaba las vidas de la gente. Ella lo había aprendido gracias a un extraño.

Una oleada de placer la invadió de nuevo cuando él se acercó y se tumbó sobre ella.

–Ha sido precioso.

–Tú sí que eres preciosa –dijo él, besándole la nariz–. Mírame.

Ella abrió los ojos, temerosa de su respuesta. ¿Qué pensaría ahora de ella, tan apasionada con una provocación tan leve? En su cara no se reflejaba la censura, él la miraba como si estuviera disfrutando de un estupendo banquete y aquello hizo que Keri se sintiera tímida y fuera consciente de la poca experiencia que tenía, especialmente comparada con él. ¿Y ahora? ¿Podría superar aquello? Su cuerpo estaba ansioso de placer.

Cuando él la besó, ella pudo saborear su propia esencia en sus labios, y aquel detalle tan íntimo la hizo suspirar y abrazarlo con fuerza.

Él se quitó el jersey y la ajustada camiseta oscura que llevaba debajo, y ella admiró su piel morena y el vello que se perdía bajo la cintura de sus vaqueros. ¡Tenía un cuerpo magnífico! Todos los hombres deberían ser así.

Ella le recorrió el torso con los dedos.

–Eres muy atractivo –dijo tímidamente.

Por un momento, él había pensado que ella sería una amante egoísta, siempre hambrienta de placer pero sin darlo. Sin embargo, se había equivocado. Ella se movió entonces sobre él y recordó que estaba depilada. Aquella timidez debía ser falsa, entonces.

–¿Quieres quitarme los vaqueros, Keri? –dijo mientras la miraba provocativamente–. Estoy en tus manos.

Estuvo a punto de dejarse vencer por la inseguridad. No se atrevía a decir que no y le temblaban las manos por el miedo de hacer mal algo tan sencillo.

Al ver sus dedos temblorosos, Jay sonrió.

–No me hagas daño, ¿eh?

–Lo haré lo mejor que pueda.

Jay se rio. Los ingleses eran expertos en ironías... Acababa de tener un orgasmo y ahora se comportaba como una dulce virgen.

Cuando acabó de desnudarlo, su corazón latía acelerado de nuevo, pero Jay no le dio tiempo a pensar más porque le quitó lo que le quedaba de ropa hasta que ella también estuvo desnuda del todo. La atrajo hacia él y la abrazó, y ella supo que quería, necesitaba, que le hiciera el amor de verdad.

¿Cuándo y cómo había empezado aquello? Ella dejó caer la cabeza sobre su hombro y él empezó a acariciarle los pechos. Allí donde la tocara, ella sentía la piel arder.

–Me haces sentir... –ella no encontraba las palabras.

–Cariño, quiero que sientas cómo te deseo –le susurró al oído.

Ella lo tocó, sintiéndole reaccionar, duro y viril, y pensó que nunca antes había sentido el deseo de explorar íntimamente el cuerpo de un hombre. Deseaba besar y acariciar cada centímetro cuadrado de su piel. Rodeó con su mano su sexo firme y por instinto llevó las caderas hacia él, acariciándole los pezones con la lengua y los dientes.

Jay tembló. Ella era muy apasionada, casi demasiado, porque entonces no pudo esperar más. Aquello estaba bien, pero no era suficiente y nunca se había sentido tan lleno, tan duro y tan preparado para explotar. Quería más, lo quería todo.

Se colocó sobre ella con decisión y los ojos de Keri se abrieron como platos.

–Tienes... usarás algo, ¿no?

No era necesaria la pregunta porque él ya había alargado la mano hacia el bolsillo de sus pantalones, pero, aun así, le había irritado.

Se puso el preservativo y se deslizó dentro de ella. Ella estaba tan maravillosamente tensa que estuvo a punto de acabar antes de haber empezado, pero supo contenerse.

Mientras se movía se dejó perder en su calor, oyendo los gemidos de los dos acompasados con cada penetración. Tal vez hubiera pasado demasiado tiempo o tal vez había sido la sorpresa lo que le hacía estar mucho más deseoso que de costumbre y se sentía todo lo cerca del cielo que se podía estar. Sí, sí, sí...

Ella gritó antes que él, abrazándole el cuello y atrayéndolo hacia sí para besarlo, para que en el momento del clímax estuvieran completamente unidos. La sensación de sentirlo dentro de ella, tan fuerte y tan grande, y en ese momento tan indefenso, cautivo de la pasión que hacía temblar su poderoso cuerpo le hizo pensar que nunca había conocido nada tan bello. A nadie tan bello.

Las emociones podían ser traicioneras, especialmente para una mujer después de hacer el amor. Keri se sentía acunada por el placer y por un estado de sopor que la llevó a pensar lo descorazonador que era haber pasado tanto tiempo sin sentir algo tan bello. Se mordió un labio.

Jay dejó caer la cabeza sobre el hombro de Keri, sintiéndose vacío y somnoliento.

Al ver que cerraba los ojos y su respiración se acompasaba, Keri sintió aflorar todas sus inseguridades. Quería que le dijera algo, aunque no fuera verdad. Ella no tenía experiencia previa para decirle nada...

Jay dejó escapar un suspiro al notar que Keri estaba tensa de repente. ¿Por qué las mujeres nunca le dejaban a uno dormir? Tenía que recuperar la fuerza perdida, porque estaba agotado. Pero sintió que le debía algo... ella había sido muy dulce.

Levantó la cabeza y la miró con ojos somnolientos. Entonces vio su expresión confusa y frunció el ceño: esperaba que no le dijera la frase típica de «no deberías haber hecho eso», pensó él.

–¿Siempre te pones así de tensa después? –observó él.

Había un tono de censura en su voz que la hizo decir lo que no quería, sin pensar en las consecuencias.

–No estoy segura. Ha sido mi primera vez –admitió ella temblorosa, viendo crecer la confusión en su rostro.

Jay se quedó helado. No, por favor.

–No te has comportado precisamente como si fueras virgen –determinó el, incrédulo.

Si hubiera sido una escena de película, Keri la habría considerado graciosa, pero era real y la protagonista era ella. Aquello no tenía nada de divertido.

–No es eso –dijo, meneando la cabeza–. Claro que no soy virgen.

Aunque podía haberse dicho que lo era, ya que el resto de las veces no podían compararse con aquella. Se sentía indefensa, como si hubiera tocado un resorte en su cuerpo que había sido un misterio hasta entonces.

–¿Tu primera vez? –repitió él. En aquellas circunstancias no podía pensar con claridad.

–Mi primer orgasmo –dijo ella en voz baja–. O, más bien, mi segundo.

Capítulo 6

DURANTE un momento, el silencio fue total excepto por el crepitar del fuego, y el golpeteo del corazón de Keri.

–Repite eso –pidió él suavemente.

Si era difícil decirlo una vez, dos resultaba terrible, pero era demasiado tarde para lamentarse.

–Nunca antes había tenido un orgasmo.

Él se apartó de ella para agarrar una manta y echarla sobre los dos, pero no volvió a abrazarla; se apoyó sobre el codo y la miró sin parpadear.

–¿Estás bromeando?

–¿Crees que tengo un sentido del humor tan estúpido?

–Supongo que no –repuso él.

Se inclinó hacia ella y le acarició un mechón de pelo. Keri se dio cuenta de que echaba de menos que la tocara, deseaba que estuviera otra vez cerca de ella, como antes. Tal vez aquella sensación fuera una ilusión fruto del placer. Realmente solo había estado cerca de él físicamente, y eso no era lo más importante.

–¿Por qué? –murmuró él, insistente.

Al ver cómo temblaba, la tomó entre sus brazos, pensando que aquello era más complicado de lo que había pensado en un principio.

–Supongo que no querrás que te haga una lista de mis desastres amorosos –dijo Keri no dejándose llevar por el impulso de acurrucarse contra él.

–Bueno, no en detalle, por supuesto. Ven aquí.

Lo último que deseaba en ese momento era tener una escenita con ella, así que la besó en la cabeza.

–No tienes que decir nada si no quieres –dijo, pasándole inocentemente los dedos por la espalda.

Un sencillo gesto que hizo que Keri se excitara de nuevo, hambrienta de placer. Pero ahora la cosa era distinta. Un desliz pasional podía comprenderse, pero si volvían a hacerlo sería otra cosa, ¿verdad?

–Es solo que nunca me había pasado antes –susurró ella.

–Me parece difícil de creer –dijo él, dibujando la línea de sus labios con los dedos–. Con lo hermosa que eres, los hombres deberían desear mostrar sus mejores habilidades como amantes.

Hermosa... Keri había escuchado cumplidos sobre su aspecto físico como ese durante toda la vida y para ella ya no significaban nada. A menudo los hombres la consideraban una posesión, un tesoro, que había que tratar con respeto y reverencia, pero ella era de carne y hueso, y lo que necesitaba era que la trataran como tal; eso acababa de descubrirlo con él.

Si no hubiera estado allí desnuda, habría acabado con la conversación en cuestión de segundos, pero un golpeteo del viento contra una ventana le recordó que, fuera, la ventisca aún rugía y que estaban completamente aislados del mundo.

–A menudo creo que los hombres se sienten intimidados conmigo –admitió ella, con creciente excitación al recordar el momento que acababan de pasar.

Desde luego, él no se había sentido intimidado–. Lo que hace aún más extraño lo que acaba de pasar.

–Quieres decir, ¿el humilde conductor y la bella modelo? –su voz sonaba seca y burlona–. Hay muchos ejemplos en la literatura de parejas como la bella y la bestia –mientras hablaba recorría la piel de su vientre y la notaba temblar con el contacto–. ¿Cuál fue la chispa que te encendió? ¿Eres acaso una de esas mujeres a las que les gustan los hombres inferiores a ellas? ¿O te excitó saber que había estado en la Marina? A muchas mujeres les gustan los hombres vestidos de uniforme y tal vez a ti también.

Sus palabras resultaban tan hirientes como flechas y ella intentó apartarle las manos.

–¡Para! ¿Cómo te atreves a decir esas cosas?

–No quería que te ofendieras –enmendó él–. Simplemente quería ayudarte a que comprendieras lo que ha pasado. Seguramente, no esperarás que ocurra de nuevo. ¿O sí?

Ella se dio cuenta de que se había entregado libre y apasionadamente a él y que ahora estaba planteándole lo que pasaría en un futuro, pero sin él. Los dos lo sabían: llevaban vidas muy distintas y todo lo que tenían en común era puro sexo.

De su extenso catálogo de sonrisas despreocupadas, buscó una de «no me importa».

–No voy a preocuparme por eso.

–Bien –le acarició la mejilla y ella lo besó, dulce y suavemente al principio y después apasionadamente.

Él gimió. Cerró los ojos y dejó que el mundo desapareciera más allá de donde estaban ellos. Bajó la cabeza y la escuchó contener el aliento al notar la aspereza de su barbilla contra sus suaves pechos. Tomó el pezón entre los dientes, lamiéndolo y succionándolo hasta que ella dejó escapar un gritito de placer.

–¿Eso te gusta?

–No. Lo odio.

Jay rio. Era mucho más fácil hacer el amor a una mujer con sentido del humor.

–Jay... ¿Haces esto...? –casi se le olvidó la pregunta cuando él empezó a acariciarle los muslos–. ¿Haces esto muy a menudo?

–Por raro que te parezca... –dijo sintiendo crecer el deseo al llegar a lugares de su cuerpo más cálidos y húmedos– no me veo todos los días atrapado en tormentas de nieve con bellas modelos.

Ella no se refería a eso.

Él dejó lo que estaba haciendo y la miró. Tenía los ojos cerrados, en su cara se dibujaba una expresión de abandono que hizo que su corazón se sobresaltara.

–Si te refieres a si me acuesto con mujeres indiscriminadamente –dijo–, la respuesta es no. Si me preguntas con cuántas, te diré que no es asunto tuyo. ¿Te parece justo?

¿Justo? Sinceramente, no le importaba; solo deseaba que siguiera con lo que había estado haciendo antes. Ella se había entregado a él como amante, pero aquello no iba durar más allá del amanecer. ¿Por qué no disfrutar del momento?

Jay, que ya se había puesto otro preservativo, levantó a Keri sin esfuerzo y la colocó sobre él.

–Hazlo para mí, Keri –murmuró él, con una nota de sensualidad en la invitación–. Solo si tú quieres.

Ella era tímida en realidad. ¿Qué tipo de hombres había conocido en el pasado?

Le acarició las caderas y vio cómo ella lo miraba, deseosa de intentarlo y a la vez llena de temor.

–Claro que quiero –susurró.

Él dejó escapar un suspiro.

–Oh, yo también –murmuró él–. Yo también...

Era diferente; extraño pero fantástico. Keri se sentía llena de un intenso calor mientras asumía la posición dominante sobre un hombre tan dominante como Jay. Empezó a moverse, tímidamente al principio, probando lo que le gustaba a él y buscando su propio placer también.

Él le susurraba palabras de ánimo y le tocaba los pechos con los dedos... en un momento dado ella perdió toda la inhibición dejándose llevar, y llevándole a él también, libre y salvajemente, en tan exultante viaje, bajando la cabeza solo para besarlo al verle en pleno orgasmo, justo antes de verse ella arrebatada también. El clímax le sobrevino con una fuerza demoledora, y gimió y gimió hasta quedarse sin aire en los pulmones, pronunciando su nombre con voz temblorosa.

Ella lo miró y pasaron un momento en silencio antes de que él la atrajera hacia sí para abrazarla.

–Van tres –murmuró él, antes de quedarse dormido.

Capítulo 7

KERI se despertó desnuda y dolorida, bajo una manta. La luz le resultaba hiriente a los ojos. ¿Dónde diablos estaba?

La pálida luz del invierno se filtraba a través de las ventanas, reflejada sobre la nieve. La nieve... entonces recordó la larga y erótica noche que le hizo buscar a su lado y no encontrarlo.

Jay... Le había hecho el amor una y otra vez durante aquella larga noche y, solo cuando el sueño hizo presa de ella, él la cubrió con cálidas mantas, aunque fuera un calor imposible de comparar al de su cuerpo.

Estaba decidida a no sentir remordimientos. Lo que había pasado entre ellos había sido muy bonito y algo así, como Jay había dicho, no podía estar mal. Pero la vida no es tan fácil, siempre hay que pagar un precio por el placer recibido.

Ella se sentó, con el pelo negro cayéndole sobre los hombros. ¿Dónde estaba él? ¿Por qué le daba vergüenza llamarlo cuando la noche anterior se había entregado completamente a él?

–¡Jay!

Y allí estaba él. Apoyado en el quicio de la puerta, mirándola, vestido y con una sonrisa en los labios.

Ella pudo ver por fin el color de sus ojos: eran verdes. «Di algo, Jay», pensó ella.

–Buenas noticias –dijo él, sonriendo.

–¿Cómo?

–Tenemos corriente eléctrica. Mira –apretó el interruptor y la sala se llenó de luz más brillante aún que la del exterior.

Aquella no era la conversación que quería tener con él. La electricidad era la última cosa en la que estaba pensando.

–Muy bien, pero, por favor, apágala, me está cegando.

Ella esperaba oírle decir... ¿qué? ¿Acaso que la noche anterior había sido fantástica? ¿Que deseaba repetirlo todo desde el principio? Ella sí lo deseaba... Volvía a sentirse tímida, insegura de sí misma; la mujer salvaje de la noche anterior había desaparecido. Si él no iba a hablar de ello ¿por qué iba a hacerlo ella? ¿Había sido acaso lo que se denominaba «una aventura de una noche»? En ese caso, ¿en algún sitio decían qué hacer después? Desde luego, ella no tenía ni idea.

Él vio su expresión y barajó las opciones a su alcance. Si se acercaba a ella y la abrazaba, estaba claro lo que pasaría después, y no estaba seguro de que fuera una buena idea, por diversas razones que no quería pararse a analizar.

–¿Quieres lavarte un poco? –sugirió él.

Su cuerpo estaba impregnado de la esencia almizclada del amor, pero por un extraño sentimentalismo, no quería desprenderse de ella; extraño en una mujer que se duchaba dos veces al día.

–¿Hay toallas? –preguntó, como si realmente le importara.

–Sí.

Se envolvió en una manta y se puso de pie, y ella, reina de las pasarelas, se dio cuenta de que estaba tan torpe como un cervatillo recién nacido. Si estos eran los efectos de un orgasmo, podía vivir sin ellos.

Pero, cuando pasó a su lado, Jay la agarró por la cintura y sintió cómo su miembro se endurecía al instante. Se inclinó hacia ella y le dijo al oído.

–A mí también me gustaría volver a hacerlo.

Keri cerró los ojos; la cercanía de su cuerpo despertó otra vez las sensaciones dormidas.

–No he dicho que quisiera volver a hacerlo –respondió ella.

–No tenías que hacerlo –dijo con voz suave–. Lo tenías escrito en la cara.

Aquella arrogancia hizo que Keri intentara apartarse de él. ¿Tanto se le notaba o es que le pasaba con todas las mujeres con las que estaba?

–Me acusas de querer esta mañana lo que tú deseabas anoche.

–¿Acusarte? –dijo él, frunciendo el ceño–. Por supuesto que no –la abrazó y ella se derritió entre sus brazos–. Ha sido cosa de los dos, y ha sido genial. Pero sería bastante irresponsable por nuestra parte el volver a hacerlo ahora.

Ella no podía moverse.

–¿Irresponsable?

–Claro. ¿No te parece que hay gente que puede estar preocupada por nosotros? ¿No tenías una cita anoche?

Ella lo miró como si le estuviera hablando de un universo paralelo, y entonces se acordó:

–¡Oh! ¡David!

David... se lo había imaginado. Jay dejó caer los brazos y la soltó, diciéndose a sí mismo que no podía ser de otro modo.

–Bueno, ¿no crees que David puede estar preocupado? –preguntó fríamente.

El que no le hiciera más preguntas le molestó más de lo que hubiera podido esperar. Quería decirle que David era solo un amigo, pero su completo desinterés la detuvo. A él no le importaba.

En los labios de Jay se dibujaba una expresión de disgusto. ¿Era ese David la pareja apropiada? Sería muy glamuroso, pero desde luego era un egoísta en la cama.

–Se estará preguntando por qué no apareciste –dijo con voz clara y dura–. Probablemente haya oído hablar de la tormenta y había acudido a la policía a denunciar tu desaparición. ¿No se te había ocurrido?

Ella no había pensado en nada más allá de sus labios y sus besos. No había nada más allá de sus brazos rodeándola.

Ahora se sentía idiota e incómoda, como si él la estuviera juzgando.

–No había pensado en ello –dijo encogiéndose de hombros.

En los ojos de Jay ya no quedaba nada de la complicidad anterior, solo una frialdad que rivalizaba con la del exterior.

–Sugiero que intentemos salir de aquí. Será mejor que te laves y te vistas. Voy a ver cómo está la carretera y a intentar desenterrar el coche.

–¿Quieres que te ayude?

–No –dijo secamente–. Trabajo mejor solo. Busca algo para comer y estaré de vuelta tan pronto como pueda.

Aquello fue todo. Se fue sin darle un beso apasionado, anticipo de más momentos de pasión y Keri tembló cuando oyó la puerta cerrarse tras él.

En el baño encontró una pastilla de jabón e intentó no pensar en las miles de preguntas que tenía en la cabeza. Al menos, tenía un tímido chorrito de agua caliente, que en ese momento resultaba más placentero que su moderna ducha de fuerte presión.

Se vistió y bajó a la cocina. Recogió las sobras de la noche anterior y se hizo una taza de té negro, preguntándose cuánto tardaría Jay y si lograría su propósito.

Estuvo fuera casi dos horas durante las cuales Keri fregó los platos y recogió las mantas del salón. Después tomó un libro de la estantería e intentó leer sentada en el sofá, pero no consiguió concentrarse, hasta que oyó el ruido de un coche. Jay entró en la casa, cansado y con la cara cubierta de sudor.

Keri se levantó de un salto buscando algún signo de complicidad en la expresión de su cara, pero sin éxito. Sabía que no tenía ningún sentido, pero habría deseado quedarse allí atrapada más tiempo.

–¿Has sacado el coche de la nieve?

–Sí –afirmó él–. El sol está derritiendo la nieve y no ha sido muy difícil. La carretera parece estar bien, así que creo que deberíamos irnos para llegar al menos hasta el pueblo más cercano. Allí podrás tomar un tren.

Parecía tenerlo todo muy bien planeado. Aquellas palabras acabaron de disgustar a Keri.

–No me importa viajar contigo.

–No –dijo él–. No quiero arriesgarme a que vuelva a pasar.

¿A qué se refería? ¿A quedarse atascados o a hacer el amor con ella?

–¿Quieres que nos marchemos ya? –dijo ella, al ver que él miraba el reloj.

–Enseguida, pero primero quiero comer algo. Me muero de hambre.

–¿Comer? –dijo ella–. Ya viste ayer que no había nada para comer.

–Podemos calentar las sobras de anoche –la miró a la cara y se dio cuenta–. Oh, ¡no!

Sí.

–Lo tiré. ¡Nadie come espaguetis a la boloñesa para desayunar!

–¿Entonces? ¿No comemos nada?

Ella podía ver cómo la rabia lo invadía poco a poco.

–Estás enfadado.

–¿Qué esperabas? –preguntó incrédulo–. He estado trabajando duro y tengo hambre de verdad. ¿Es que no puedes hacer nada útil?

–Sé pintar paredes –dijo ella, intentando defenderse.

–Sí, y eso es muy útil dadas las circunstancias. ¡Ponte a pintar mientras nos morimos de hambre!

Sus palabras no eran solo producto del enfado por no tener nada que comer; se había despachado a gusto con ella... Bueno, aquello serviría para acabar con todas las ensoñaciones románticas que podría haber albergado ella.

–Lo siento –dijo ella, intentando mirarlo a los ojos–. No hay mucho que pueda decir o hacer, a no ser que intente sacar algo de la basura.

Él la miró. ¿Desde cuándo se enfadaba tanto por no tener comida? ¿No sería por la cita que ella había tenido la noche anterior? Desde luego, si ella no estaba preocupada por eso, no iba a ser él quien entrara en consideraciones morales.

Tampoco tenía ningún sentido acabar de malos modos. Después de todo, había estado bastante bien... Sacudió la cabeza de un lado a otro, suspirando.

–Ven aquí –dijo, tendiéndole la mano.

Una mujer más fuerte no hubiera aceptado su propuesta, pero Keri sí lo hizo. Era como si ahora ella le perteneciera de algún modo, por lo que habían compartido, y fuera incapaz de librarse de las cadenas que los unían.

Eres débil, se decía a sí misma, pero Jay ya la estaba besando el pelo, el cuello y ella respondió ansiosa a sus caricias.

En ese mismo instante él se sintió excitado, pero intentó que la lógica se impusiera sobre el deseo físico. La miró sonriendo y dijo.

–Cuanto antes nos movamos, menos opciones habrá de que alerten a la policía. Una campaña de rescate es muy costosa y sería mejor evitarlo, a no ser que tengas la fantasía secreta de ser rescatada por un helicóptero...

Keri parpadeó. ¿Cómo podía estar tan tranquilo y tan razonable mientras ella estaba a merced de sus emociones? No podía ni quería moverse de allí, lo contrario que él. Pero tenía razón; podía haber gente preocupada por ellos y no podía hacer como si no existieran.

Lo que estaba claro era que él estaba perdiendo el tiempo en lo que hacía. ¿No podía aprovechar mejor sus cualidades en otro trabajo? Ella podría proponerle algo, pero sin ofenderle en su orgullo y su masculinidad.

–¿Jay?

Él notó de algún modo que no le iba a gustar lo que iba a decirle.

–¿Sí, Keri? –intentó mantener un tono de voz neutro.

–Ha sido... bueno...

–Fantástico. Sí –le besó la punta de la nariz.

–Y... ¿nunca has pensado que estás perdiendo el tiempo haciendo lo que haces?

–¿A qué te refieres? –dijo él, levantando una ceja.

–Bueno, ganarte la vida como conductor –lamentó haberlo dicho porque la cara de Jay cambió de expresión.

–¿Es que es algo malo ser conductor?

–Bueno, no es que sea malo...

–Me alegro –dijo él con sarcasmo.

–Es que tienes tanto que ofrecer... –al ver el gesto de su boca, Keri temió que Jay pensara que se refería a sus habilidades amatorias– me refiero a tu pasado de SEAL, a tus recursos para salir de situaciones complicadas... no cualquier hombre puede hacer eso.

Traducido, aquello quería decir: «quiero volver a acostarme contigo».

–Bueno, gracias –dijo él, sin dejar de mirarla.

–Podrías hacer una fortuna si realmente lo intentaras –continuó ella suavemente.

«¿Como acompañante de mujeres bellas y vanas como tú?», se preguntó él. Tenía que admitir que se sentía tentado, pero sabía que aquello no funcionaría. La miró a los ojos y pensó en contárselo todo. No, no podía.

Podría llamarla e invitarla a salir, pero... ¿de qué hablarían? ¿de que se le había corrido el rímel? Aquello lo estropearía todo. Ya le había contado más de lo que hubiera querido, y las mujeres a menudo interpretaban mal las confidencias. Por eso ya no caía en la trampa y no dejaba que empezaran a pensar cosas sobre él que le hicieran desear huir.

No había mentido al decirle que había sido maravilloso, pero eso no tenía nada que ver con su mundo. Ni con el suyo. Era lo suficientemente pragmático como para apartarse de algo antes de estropearlo del todo.

–Escucha, Keri –dijo–. Lo que ocurrió anoche estuvo genial –su voz era como una caricia de seda–. Te has demostrado a ti misma que el sexo es satisfactorio. Solo tienes que encontrar al hombre adecuado.

El resto, no lo dijo, pero los dos lo pensaron: «ese hombre no soy yo».

Ahora era ella quien estaba herida en su orgullo. Él había pensado que para ella solo había sido algo físico. Sonriendo fríamente le dijo:

–¿No habías dicho algo de dejarme en la estación más cercana?

Él afirmó, consciente de que a ella no le habían gustado sus palabras. Observó su perfección una vez más y se dio cuenta de que en aquel momento era muy distinta de la belleza de hielo que había conocido. ¿Él había hecho eso? Recordó el ansia con que le había abierto su cuerpo durante aquella larga y apasionada noche y una emoción primitiva le atravesó el alma. Se encontró pensando en el tal David... Si no era capaz de darle placer, había tenido su merecido.

–Creo que nos volveremos a ver en el lanzamiento –dijo él, como si no tuviera importancia.

Ella había intentado acostumbrarse a la idea de que no volvería a verlo nunca más.

–¿Qué lanzamiento?

–El de la campaña de diamantes –dijo él–. Si eres la imagen de la firma, supongo que querrán que estés allí ese día.

Claro que sí. Una fiesta exclusiva en uno de los mejores hoteles de Londres que en otro momento para ella habría sido un trabajo rutinario. Pero ahora... el corazón de Keri saltaba de excitación sin que nada pudiera contenerlo, porque lo que más deseaba en el mundo era volver a ver a aquel hombre.

–¿Quieres decir que también estarás invitado? –preguntó ella.

–Eso sería difícil –dijo él, sonriendo–. Estaré allí vigilando las joyas.

Capítulo 8

LA VUELTA a Londres fue como llegar a otro planeta. Allí apenas habían caído unos cuantos copos de nieve y Keri se sentía una mujer totalmente distinta.

Cuando entró en el apartamento se dirigió al contestador telefónico. Había cinco mensajes, pero no quiso escucharlos en ese momento. Se sentía una extraña allí y recordaba la casa donde la noche anterior había tenido una experiencia amorosa tan intensa y placentera.

Era como si Jay hubiese invadido sus sentidos; podía recordar la magia de su tacto, el brillo de sus ojos y sus rasgos relajados mientras le hacía el amor.

Echó un puñado de las sales de baño más caras que tenía a la bañera llena y se metió hasta la nariz, cerrando los ojos y deseando dejar de sentir un dolor tan intenso.

Los mensajes eran de David, de la agencia de modelos para la que trabajaba, de su hermana, otra vez de la agencia, para que se pusiera en contacto con ellos cuando llegara, y otra vez de David, preguntándole dónde estaba.

Sintiéndose cobarde, llamó a casa de David y dejó el mensaje de que estaba bien y que le volvería a llamar. Después marcó el número de su hermana, que descolgó el teléfono enseguida.

–¿Erin? –podía oír el llanto de un niño pequeño de fondo.

–¡Keri! Gracias a Dios. ¿Estás bien?

–Sí, ya he llegado sana y salva –contestó sin pensar.

–¿Qué ha ocurrido? David ha llamado varias veces diciendo que no habías llegado y que no te podía localizar.

–No sabía que tuviera tu teléfono.

–Yo tampoco. Keri, ¿qué ha pasado?

Que todo su mundo se había puesto patas arriba.

–¿Puedo pasar a verte? –preguntó.

–Claro. ¿Cuándo?

–Salgo ahora mismo.

Su hermana vivía en la misma ciudad, pero lejos de la cara zona céntrica donde Keri residía. Allí no había parques ni zonas verdes y no parecía el mejor lugar para criar a un niño, pero por ahora era lo que tenían. Su hermana decía que un día se mudarían a un lugar más barato en el campo, pero todavía no. Para Erin ese lugar aún tenía recuerdos demasiado queridos como para apartarse de ellos.

Su marido había sido asesinado en un atraco y no había visto nacer a su hijo ni había logrado disfrutar del éxito para el que había trabajado tanto. Durante un tiempo, Keri creyó que Erin se derrumbaría, pero no había sido así, gracias al niño.

La puerta se abrió y allí estaba Erin. Eran gemelas y la naturaleza les había concedido los mismos rasgos; ojos negros, pelo negro, altas y delgadas, pero ya no se parecían tanto. Tal vez las experiencias vividas las habían hecho diferentes.

Erin llevaba el pelo recogido en una coleta. Estaba delgada, aunque un poco más llenita que Keri y no llevaba nada de maquillaje, y rara vez se ponía otra cosa que no fueran pantalones vaqueros y camisetas.

–¿Qué ha ocurrido? –dijo mirando fijamente a su hermana.

Tenían una especie de telepatía que les permitía conocer lo que pensaba la otra por instinto. Erin la había tenido con su marido, pero Keri solo había tenido algo así con su hermana.

–¿Dónde está Will?

–Dormido, así que aprovechemos el momento de paz.

Keri se dejó caer en el sillón y suspiró. Después todo salió solo, imparable: la ventisca, el hombre de los ojos verdes que la había deslumbrado, cautivado y enfurecido por momentos.

–¿Te atraía? –dijo Erin sin contemplaciones–. Quiero decir, sexualmente.

–Oh, sí. Terriblemente –dijo Keri tras una pausa.

El silencio hablaba por sí solo.

–Así que pasaste la noche con él.

Era una afirmación, no una pregunta.

–¿Te sorprende?

–Por un lado sí, mucho, y por otro nada de nada. Pero, antes de que preguntes, no te estoy juzgando, lo que pasa es que no es lo normal en ti.

–Ya lo sé –se quejó Keri

–¿Y te has enamorado de él?

–Apenas lo conozco.

Pero algo había pasado aquella noche, aunque ella no pudiera explicárselo.

–¡Pues conócelo! ¿Vas a volver a verlo?

–Algo así –dijo ella, mirando a su hermana a los ojos.

–¿Qué significa eso?

–Que estará en la campaña de lanzamiento de los diamantes, en el hotel Granchester el sábado.

–¿Irá contigo?

Keri sacudió la cabeza.

–No. Estará vigilando las joyas.

–Así que no es una cita...

–En absoluto –suspiró Keri–. No me pidió que volviéramos a vernos.

Después de lo que había pasado entre ellos...

–Podías haberlo hecho tú –indicó Erin–. Estamos en el siglo XXI.

–Las mujeres no tienen que hacer eso –repuso Keri obstinada.

–¡Oh, Keri!

–En cualquier caso, no funcionaría. Él es conductor.

–¿No te creerás las tonterías que estás diciendo?

–No, pero creo que él sí.

–Tal vez por eso no te pidió otra cita –dijo Erin–, y no puedes culparlo por ello. Piénsalo: tú eres una famosa modelo y él es conductor. Es normal que no te lo pida porque no se va a arriesgar a que lo rechaces.

–¿A pesar de haber hecho el amor con él?

–¡Por supuesto! –repuso Erin–. La compatibilidad física es una cosa, pero salir juntos implica mucho más. Tal vez esté preocupado por usar el tenedor que no es si te lleva a cenar.

–No, él no es así –dijo ella, lentamente.

–Bueno, en ese caso, espera a ver qué pasa el sábado –Erin se acercó a ella–. Perdona que me inmiscuya, desde luego que no tienes por qué contestar, pero yo ya estoy totalmente liberada en cuanto al sexo... ¿estuvo ...bien?

A otra persona no le habría respondido, pero su hermana era distinta.

–Oh, Erin, fue fantástico –dijo ella sin más–. Nunca había estado tan bien.

Se produjo un silencio y Erin afirmó.

–Entonces tal vez te haya liberado por fin, Keri –dijo ella dulcemente–, y ahora ya te sientas libre para empezar una relación nueva con otra persona.

Después lanzó a su hermana una batería de preguntas sobre las relaciones entre hombres y mujeres, sobre el vínculo que se creaba y sobre si algún día encontraría a un hombre que la hiciera sentirse una mujer como lo había hecho aquel extraño..

Bebieron té e hicieron bollos y, cuando Will se despertó, Keri acudió a su habitación. La había decorado ella misma en tonos verdes y azules, e incluso había pintado un paisaje costero en una de las paredes.

El niño la miró con ojos somnolientos y levantó los brazos hacia ella para que lo tomara en brazos. Keri tomó a su sobrinito, cerrando los ojos para oler su cálido y limpio aroma infantil. Lo quería mucho, aunque a veces miraba las ojeras de Erin y deseaba que no la hiciese trabajar tanto, pero aquel día le vio más guapo e inocente que nunca.

Era de noche cuando llegó a casa. Se acostó y se abrazó a sí misma, cerrando los ojos y deseando que fuera Jay quien la abrazara, preguntándose si podría soportar esperar hasta el sábado para verlo.

Capítulo 9

EN EL MOMENTO en que la vio entrar en el abarrotado salón Jay se dio cuenta de que había estado esperándola, y eso no era normal en un hombre de acción como él.

La reina de las nieves había vuelto. ¿Era la agencia quien le decía lo que se tenía que poner o solía ir a todas las fiestas vestida de ese modo, cubierta de diamantes y con un vestido de satén negro que le quedaba como una segunda piel?

Probablemente, la sala estaba llena de mujeres bellas, pero él no podía quitarle los ojos de encima a Keri, más aún cuando ella no miró hacia donde estaba él. Ni una sola vez.

¿Acaso lamentaba la larga y apasionada noche que habían pasado juntos?

Jay la observaba mientras unos cuantos hombres se arremolinaban en torno a ella, tomando su chal, ofreciéndole una copa de champán... Él permaneció en silencio, como una estatua al lado de las vitrinas llenas de joyas. Su corazón latía con fuerza hasta que por fin ella volvió la cabeza y lo miró directamente a los ojos.

Keri sintió cómo se quedaba sin aliento; él llevaba pantalones vaqueros negros y un jersey de cuello vuelto negro también. Comparado con el resto de hombres de la sala, tan elegantes con sus corbatas y caros trajes, él iba vestido de forma muy sencilla. Era la evidencia de lo diferentes que eran sus dos mundos, pero de algún modo, aquello le resultaba indiferente. Él era todo un hombre, el único de la sala que parecía capaz de echar una puerta abajo para rescatar a una mujer, y después hacerle el amor de tal modo que ella nunca pudiera olvidarle.

Intentó no hacer evidente su reacción, pero su corazón batía tan fuerte contra su pecho que ella temía que se notase a través de la fina tela de satén de su vestido.

Él la estaba mirando. El vestido que llevaba era normal en ese tipo de actos y se ajustaba a su cuerpo como un guante. No llevaba sujetador, solo dos piezas adhesivas que mantenían firmes sus pequeños pechos. No mostraba ni más ni menos que el resto de mujeres de la sala, pero se sentía desnuda bajo la mirada de Jay. Sus mejillas se encendieron y acudió a hablar con alguien antes de que él se diera cuenta.

Sus fotos estaban en todas partes y cada vez que Keri las miraba pensaba que pocas horas después de tomarlas estaba desnuda y gritando de placer en los brazos de Jay.

Él no se había movido de su sitio, así que, después de media hora, Keri no pudo soportarlo más, tomó dos copas de champán y fue hacia él.

–Hola –dijo ella intentando esbozar una sonrisa lo más segura posible–. ¿Quieres beber algo?

–No, gracias. Tengo que conducir –dijo, meneando la cabeza.

–Oh –se sintió idiota con una copa en cada mano,

pero tal vez el se dio cuenta y dejó una de ellas en la bandeja que pasaba una camarera.

–¿Mejor ahora? –murmuró el.

–Sí –mintió ella, preguntándose cómo podía adivinar lo que una mujer deseaba en cada momento–. ¿Lo estás pasando bien?

La situación había mejorado un poco, pero tal vez fuera por lo agradable que resultaba mirarla.

–Estoy trabajando; no estoy aquí para pasármelo bien.

–¿Quieres que me vaya entonces?

–No –dijo él, sonriendo–. ¿Has venido sola?

–Sí.

–¿David no está aquí? –dijo él, levantando una ceja.

Ella lo miró a los ojos, algo deslumbrada por los reflejos verdes que despedían.

–David es solo un amigo.

–¿Ahora es solo un amigo? –preguntó él–. Pobre David –pero su respuesta cambiaba muchas cosas–. Tal vez podamos ir después a tomar un café o algo...

Keri hubiera mentido de no admitir que se sentía tentada por la idea, porque sabía que no estaba pensando precisamente en tomar un café. ¿Acaso pensaba llevarla a algún piso diminuto en las afueras de la ciudad con una sola intención? Tal vez sugiriera ir a casa de ella, donde la diferencia entre ambos se haría tan evidente que los dos se sentirían cohibidos. ¿Había pensado en algún momento que las cosas podrían volver a ser como en la casita de campo, tan distinta a la realidad de sus vidas? Keri se dio cuenta de que, aunque estuvieran en el siglo XXI, y las mujeres fueran en teoría iguales a los hombres, había una diferencia clara. Ella no quería una relación basada únicamente en el sexo; la primera vez había sido espontáneo y precioso, pero no quería continuar nada en esas mismas condiciones.

–Lo siento. Estaré cansada para entonces –dijo mirándolo fríamente.

Él hubiera podido sugerirle algún remedio para el cansancio, pero por su expresión se dio cuenta de que no era la misma mujer accesible a la que había seducido una vez. Se dio cuenta de que estaba a punto de marcharse. ¿Habría cambiado de opinión sobre él al verlo rodeado de gente tan esnob y darse cuenta de las diferencias? El color de sus mejillas y la luz de sus ojos le revelaron que no.

–¿Qué te parece si quedamos para comer? –sugirió él.

–¿Comer? –dijo ella sorprendida.

–Habíamos quedado en que podías comer si tenías un buen motivo, ¿no?

Ella sintió cómo los latidos de su corazón se aceleraban. ¿Habría dicho eso solo para recordarla la sensualidad de aquella comida?

Pero comer no era nada malo; era un acto civilizado y desde luego era mucho más seguro que una cena.

–Me parece bien quedar para comer –accedió ella.

–¿El lunes?

–¿Por qué no?

–Conozco un sitio en Docklands con un mirador sobre el río. Es bonito y está cerca de mi trabajo.

¡Iba a quedar con ella en su hora para comer! Keri dejó escapar un suspiro de alivio. En una hora no tendrían tiempo para nada más que para comer.

–De acuerdo, podemos ir a tomar un sándwich –dijo, comprensiva.

–¿Conoces un sitio llamado Carter's, al lado del río? –dijo él, sonriendo.

–No, pero lo encontraré –dijo ella, moviendo la cabeza.

–De acuerdo. Nos veremos allí a la una –sacó del bolsillo una tarjeta y se la dio–. Este es mi número. Llámame si pasa algo.

Sus dedos se rozaron cuando él le pasó la tarjeta y ella sintió una leve descarga eléctrica. Ella vio que las pupilas de Jay se habían dilatado, como una respuesta silenciosa. ¿Tendría el mismo efecto sobre todas las mujeres?

–Te veré allí a la una –dijo ella, antes de alejarse de él con el pulso acelerado y preguntándose si acaso se estaba metiendo en la boca del lobo.

Era como si fuera su primera cita. El domingo por la noche Keri durmió mal y se levantó temprano, con lo que llegó a Docklands una hora antes de lo convenido.

Hacía mucho frío y cerca no había tiendas ni galerías de arte donde entretenerse hasta la hora fijada. Tal vez él pudiera cambiar su hora de comer... ¡Oh, demonios!

Sacó el teléfono móvil del bolsillo y marcó su número.

–Jay Linur.

–¿Jay? Hola, soy Keri. El tráfico estaba mejor de lo que había pensado y ya he llegado. ¿Sería posible que vinieras un poco antes?

Hubo una momento de silencio.

–¿Por qué no subes a la oficina? –dijo él por fin–. Tengo que acabar con el papeleo antes.

–De acuerdo –dijo ella, preguntándose si había utilizado la palabra papeleo para darse importancia. ¿Qué tipo de papeleo tenía que hacer que no pudiera esperar? ¿Sus horarios?–. Dime adónde tengo que ir.

Jay colgó el teléfono y frunció el ceño.

–¡Andy! Estoy esperando a una persona.

Keri encontró el edificio fácilmente y subió por las escaleras hasta una enorme oficina de altos techos. No estaba muy decorada, pero la vista sobre las turbulentas aguas del Támesis era espectacular.

Un hombre enorme con los hombros más anchos que Keri había visto nunca le guiñó un ojo cuando entró.

–¡Hola! –exclamó sonriendo–. Jay te está esperando.

Pulsó un botón del intercomunicador de su mesa y llamó:

–Ella ya está aquí, jefe.

Jay maldijo para sus adentros y le respondió que la dejara pasar.

¿Cuántas veces le había dicho a Andy que dejara de llamarlo así?

–Ve por esa puerta –señaló Andy.

Keri arrugó el ceño «¿Jefe?»

–Gracias.

Al entrar allí Keri se dio cuenta de que no era eso lo que había esperado, aunque realmente no había esperado nada.

Jay estaba sentado tras un enorme escritorio de madera, con el jersey un poco remangado y el ordenador zumbando ligeramente frente a él. Tras él había un mapamundi con muchas chinchetas de colores clavadas en distintos puntos. Parecía un sitio importante y él, una persona importante.

Había algo que no cuadraba.

Ella se quedó mirándolo.

–Hola, Keri.

Ella llevaba el pelo recogido y un abrigo de cuero hasta las rodillas a juego con sus botas. Jay pensó que le debía gustar mucho el cuero y sintió una punzada de lujuria.

Keri echó otra mirada a la oficina.

–¿Te importaría decirme qué ocurre? ¿Por qué ese hombre te ha llamado «jefe»?

Jay no quiso eludir el tema... no tenía sentido.

–Porque lo soy. Esta empresa es mía. Yo envío a los conductores, los guardaespaldas y también a los detectives privados –no mencionó una notable lista de propiedades; tal vez fuera demasiada información de golpe.

Era como si hubieran retirado un velo de sus ojos. Ahora lo veía todo claro... Su aspecto seguro de sí mismo y arrogante, el modo en que se comportaba con ella cuando la mayoría de los hombres se sentían intimidados, su conocimiento de vinos franceses. No era necesario llevar ropa de marca para demostrar que se era un hombre rico.

–¿Tú has alquilado estas oficinas?

–Bueno, realmente son mías. Hay un par de ellas más en el piso de abajo.

Sus ojos se abrieron como platos, pues las oficinas en aquella zona de Londres no eran nada baratas.

–Tú no eres conductor, ¿verdad, Jay? –dijo ella en voz baja.

Aquello parecía una acusación. Él notó cómo su

cuerpo se ponía rígido, pero era peor la mirada de dolor que atravesaba sus preciosos ojos oscuros. Era como si la hubiera traicionado. Demonios, una noche con ella y era como si le debiera algo.

–Bueno, eso no es así realmente.

La confusión estaba siendo sustituida por la ira.

–¡Por favor! No dudo de tu capacidad para conducir. ¿Acaso te divertiste contándome todo eso?

–No te conté nada. Y, desde luego, no quiero que te sientas decepcionada. No saques conclusiones erróneas, Keri. Uno de mis conductores se puso enfermo en el último momento y tuve que sustituirlo.

–¿Por qué no me lo dijiste entonces?

–¿Por qué tenía que hacerlo? ¿Acaso te parece normal que me presente contándote que uno de mis conductores se ha puesto enfermo y que, aunque yo soy el dueño de la compañía, voy a sustituirlo por una noche?

–¡No es eso a lo que me refiero!

–¿Ah, no? ¿Me habrías tratado de otro modo si lo hubieras sabido? –sonrió pensando en cómo le había tratado ella–. Tal vez hubiera merecido la pena contártelo.

–¡Eso es muy rastrero!

–Es la verdad –la contradijo él.

Ella intentó hacer memoria. Era cierto que no le había mentido, pero debía haber estado a punto de explotar de risa, especialmente cuando ella le sugirió que estaba perdiendo el tiempo como conductor.

–¿Te divertiste con el juego?

–En absoluto –suspiró él, uniendo las palmas de las manos en actitud suplicante–. Es solo que al principio no tenía ningún sentido contártelo, y después hubiera parecido que intentaba impresionarte.

Ella lo miró desafiante.

–Si eres tan asquerosamente rico, te sugeriría que hicieras algo con la decoración de estas oficinas. Nunca había visto nada tan soso en mi vida.

Él se echó a reír.

–¿Mantenemos lo de ir a comer?

–Creo que he perdido el apetito.

–Todo sigue como siempre entonccs.

Ella no le devolvió la sonrisa.

–Muy gracioso.

Deseaba tanto abrazarla que le dolía, pero había algo en su mirada que se lo impedía y, de algún modo, aquello le excitaba más de lo que le frustraba.

–¿Tienes muchos trabajos pendientes? –preguntó él de repente.

Keri frunció el ceño.

–¿Por qué?

–¿Eso es un sí o un no?

–Tengo que... –iba a contarle lo del contrato de lencería, pero se podía imaginar su reacción ante eso– hacer un trabajo dentro de unas semanas.

Aparte de eso, estaba libre durante una temporada, lo cual no era nada habitual en su apretada agenda.

–¿Qué sueles hacer durante el tiempo entre dos trabajos?

Ella intentaba ocupar su tiempo del modo más útil posible. Visitaba a amigos, galerías de arte, iba de compras y al cine.

–Depende.

–¿Querrías hacer algo para mí?

Su expresión de desconfianza no cambió.

–¿Qué?

–¿Por qué no pintas mis oficinas? –su expresión de asombro le divirtió–. ¿Acaso es una idea tan extraña? Me dijiste que se te daba bien, que te gustaba hacerlo y acabas de decirme que este sitio es horrible. Tienes razón. Es muy soso.

Aquella sugerencia le gustaba más de lo que hubiera debido. Tal vez fuera un modo de conocer al verdadero Jay Linur y una oportunidad para demostrarle que no solo sabía posar frente a una cámara. Sería un modo de probarle y probarse a sí misma de lo que era capaz.

–¿Por qué, Jay?

«Porque quiero volver a hacer el amor contigo. Porque me has dejado en un estado febril y necesito una terapia de saturación para hacer que esta sensación desaparezca». Pero tal vez la verdadera razón fuera más allá. Tenía que saber cómo era ella en realidad.

Jay se encogió de hombros.

–Me dijiste que a veces te aburres posando para una cámara y que lo que te gustaba realmente era el diseño de interiores, así que... ¿por qué no pruebas? Este puede ser tu primer trabajo serio, si quieres.

Keri lo miraba a los ojos mientras él la examinaba. Le estaba ofreciendo una oportunidad para hacer algo distinto, para dar rienda suelta a su creatividad, pero no era aquello lo que la llenaba de excitación.

En su fuero interno sabía que volverían a ser amantes, no era tan inocente. Pero esa vez no se lo iba a poner tan fácil, de ningún modo. El sexo no tenía que ser una batalla, pero la vez anterior ella se había entregado sin oponer ninguna resistencia y, si Jay Linur la deseaba otra vez, tendría que esforzarse mucho más.

–¿Qué me respondes? –preguntó el.

–¿Me das carta blanca? –se aseguró ella.

–Toda la libertad del mundo, cariño –afirmó él, pero en ese mismo instante volvió a sentir las punzadas de anhelo en todo su cuerpo.

Capítulo 10

LA MOTO de Jay se deslizaba entre el pesado tráfico de la mañana. La lluvia y las nubes acompañaban su estado de ánimo, expectante y dubitativo.

Ella estaba en la oficina, poniendo en práctica su alocada idea. Lo sabía porque Andy lo había llamado para preguntarle si sabía por qué había llegado a la oficina un cargamento de pintura suficiente como para cubrir la fachada del Buckingham Palace. Jay no le había dicho nada al hombre que era su mano derecha. Tal vez no quisiera admitir lo que le resultaba difícil reconocer a sí mismo. Había dejado que una mujer entrara en su territorio, y no era cualquier mujer, sino una mujer con la que había tenido sexo. Por una vez en su vida, se había dejado llevar por el deseo, y él había sido el único culpable.

Se había quedado en casa un rato más para no estar allí cuando ella llegara. No se veía capaz de dispensarle un trato deferente delante de la gente. Mientras subía las escaleras con el casco en la mano oyó a Andy charlando. ¿Andy charlando?

Ambos hombres habían estado en los SEALs juntos. Se habían entrenado y luchado codo con codo y Jay nunca le había oído charlar de ese modo.

Pero había que reconocer que era muy fácil hablar con ella.

Lo primero que vio al entrar en la oficina fue un trasero precioso inclinado sobre una mesa, señalándole algo en un catálogo a Andy, que claramente desconocía la expresión «comer de su mano».

–Hola –saludo Jay.

Andy calló en mitad de la frase y dejó el catálogo de pinturas, Keri dejó lo que estaba haciendo y ambos se volvieron para mirarlo.

Jay, de pie con el casco en una mano y la otra sobre la cadera, tenía una imagen vigilante y posesiva, como un cowboy de los de antes. ¿Lo haría a propósito?, se preguntaba ella. Era como si pudiera adivinar las fantasías de una mujer y hacerlas realidad.

Estaba vestido de pies a cabeza de cuero negro; pantalones que cubrían sus largas y fuertes piernas y una chaqueta corta ajustada. La única nota de color eran sus ojos verdes abriéndose paso entre la tupida selva de sus pestañas.

–Buenos días, Jay –dijo ella animadamente–. Aunque no hace muy bien día que se diga, ¿no?

Él dejó escapar un gruñido.

–Estás muy animada para ser tan temprano.

Ella sonrió inocentemente y vio que Andy la imitaba.

–He probado con unos cuantos colores de pintura en tu oficina. ¿Quieres ver qué te parecen?

Sorprendentemente se estaba animando por momentos. Aquel peto ancho salpicado de pintura tenía que haber resultado mucho menos atractivo, pero él ya sabía lo que había debajo.

–De acuerdo, vamos a verlo. Café, por favor, Andy.

–Claro.

Keri se volvió hacia Andy un instante y le sonrió.

–Gracias por tu ayuda.

Con ojos brillantes le contestó de un modo muy americano:

–Un placer, señora.

Andy era americano. Jay tenía un poco de acento, pero el de Andy era inconfundible. Le había contado que habían estado en los SEALs juntos. Tenía los ojos azules, el pelo color maíz y los gestos dulces y amables que a veces tienen las personas grandes como él.

–¡Keri! –llamó Jay, impaciente– ¿Vienes o no?

Ella había estado ocupada preparando la sala antes de empezar a pintar, aunque no había tenido tanto trabajo como había pensado en un principio. En el despacho de Jay, apenas había efectos personales: ni fotos, ni pisapapeles, ni cuadros en las paredes ni siquiera una planta moribunda. Nada. Era un despacho funcional de un hombre funcional.

Jay, de pie en medio de la sala, miraba con incredulidad la pared que ella había pintado de rojo brillante. Se dio la vuelta y la vio expectante, como la niña que ha pasado toda la noche haciendo un regalo para su profesor.

–¿Es una broma? –le preguntó con voz extrañada.

–¿No te gusta el rojo?

–¡No me gusta estar en un cuarto donde parece que ha habido una batalla de ketchup!

–Aún no está acabado.

Contó hasta diez para sus adentros.

–Tal vez no sea Van Gogh, Keri, pero eso ya me lo imaginaba yo solo. ¡Lo que me molesta no es que esté sin acabar, sino el maldito color!

–¿Qué pasa con el color rojo? El cielo es azul, la pintura del exterior es blanca y, dada tu doble nacionalidad, pensé que podía unir la idea de las banderas británica y americana añadiendo el rojo.

–¿Estás intentando ser graciosa? –dijo él, mirándola con incredulidad.

–No –dijo ella, sacudiendo la cabeza–. De verdad, Jay, pensé que resultaría sorprendente, ¡y me dijiste que tenía carta blanca!

–¡Era porque pensaba que ibas a pintarlo del mismo color que estaba!

–¿Cómo? ¿De color «magnolia»? Voy a tener que raspar esta pintura antes de empezar y, además, los lugares de trabajo tienen que ser lugares de inspiración y no sacarás mucho de un lugar en el que puedes imaginar que estás dentro de una botella de leche. Créeme. Te gustará cuando haya terminado.

Tal vez fuera el momento de aclararle que si quería inspiración no iba a encontrarla allí y que los lugares de trabajo tenían que ser solo eso, lugares de trabajo. De algún modo, parecían una pareja de recién casados discutiendo sobre la decoración de su nuevo hogar.

–¿Y si no es así?

A ella no se le escapó la nota de advertencia en su voz.

–Entonces. volveré a pintarlo del mismo color que estaba al principio.

Mientras hablaba con Andy se había enterado de que la compañía iba muy bien y de que Jay era un hombre rico, pero eso no cambió en absoluto sus sentimientos hacia él. Él ya le había dejado una huella profunda cuando pensaba que era un simple trabajador, así que el hecho de que fuera rico no tenía que cambiar nada.

Él seguía mirándola de un modo que no admitía contradicciones.

–Tal vez sea mejor que empiece por otro despacho –dijo ella, pensándolo mejor.

Jay no sabía qué le resultaba más molesto, si el hecho de que Keri estuviera pintando inocentemente al otro lado de la puerta o que Andy silbara sin parar. Hacía mucho tiempo que no le oía silbar de ese modo.

Se mantuvo al margen hasta la hora de comer, entonces salió de su despacho para descubrir, sorprendido que casi toda la pared más larga ya estaba pintada de azul, del color del mar cuando el agua es muy profunda. Era un color bonito, aunque él no hubiera pintado así la pared.

Keri estaba sentada sobre la mesa, con una mancha de pintura en la nariz y Andy la miraba como un cachorro perdido que acabara de encontrar a su dueña. Jay apretó la mandíbula, invadido por una inexplicable irritación.

–¿No vas a ir por los sándwiches? –preguntó secamente.

Andy miró su reloj, sorprendido y se levantó de la silla.

–¿Ya es la hora? –se volvió hacia Keri–. ¿Y qué querrá la princesa?

Jay esbozó una sonrisa forzada: «princesa»...

–Oh, no te preocupes. Normalmente no como nada a mediodía –respondió Keri.

–Ella tomará lo mismo que yo –repuso firmemente Jay, mirándola a los ojos–. No voy a dejar que pases hambre. Esto no es como posar para una cámara: estás trabajando mucho y no voy a dejar que te desmayes aquí.

¡Entonces sí que sintió que se desmayaba, y aquello no tenía nada que ver con el trabajo duro! Jay se había quitado la chaqueta de cuero y llevaba una camiseta negra ajustada. Keri tragó saliva. Tal vez un sándwich no fuera mala idea después de todo.

–De acuerdo, me parece bien.

No dijeron nada más hasta que Andy se puso la chaqueta y salió e, incluso después, el silencio era pesado como una losa. Su corazón hacía un ruido terrible, pensaba ella y, en aquel momento, con él avanzando hacia ella sonriendo, aún más.

–¿Te das cuenta de que aún no nos hemos saludado de verdad? –preguntó él, atrayéndola hacia sí.

Ella había practicado por si llegaba ese momento y había pensado resistirse, pero en aquel momento no fue capaz de encontrar fuerzas para oponer la más mínima resistencia.

–Hola, Jay –dijo ella sonriente.

–Keri... –dijo él, acariciándole los labios con los suyos–. ¿No llevas toda la mañana deseando esto?

Había estado haciendo lo posible por no pensar en ello, en algunos momentos con éxito.

–He estado concentrada en la pintura –respondió.

–¿Y cómo lo has hecho?

–Oh! No... no lo sé... –logró decir mientras él la tentaba con su lengua.

Keri cerró los ojos y se abandonó, rodeando su cuello con los brazos y apretando su cuerpo contra el de él.

Él dejó escapar un gruñido, bajando la mano hasta llegar a acariciar su pecho por debajo de la tela vaquera del peto.

–Tenía que estar loco –susurró él– para pensar que podía tenerte cerca y creer que podría pensar con claridad, por no hablar del trabajo.

–Bueno –dijo ella, temblorosa–, tendrás que intentarlo. Si no, tu negocio se irá a pique y me echarás la culpa a mí.

–Te deseo –bajó aún más la mano y ella gimió.

Alguien tenía que detener aquello y tenía que ser ella, ya que los ojos de Jay estaban nublados por el deseo como ya los había visto antes. En cualquier momento toda su capacidad de resistencia se vendría abajo.

–No es cuestión de deseo, Jay –asintió con firmeza–, sino que no debemos.

–¿No debemos qué? –dijo, besándola después suavemente en la mejilla–. No estamos haciendo nada, solo nos estamos besando.

Pero era más que eso, al menos para ella. Era la cálida sensación de llegar al lugar perfecto, a los brazos de Jay, y aquellos besos les llevarían irremediablemente a otro lugar si no tenían cuidado.

–Andy volverá en cualquier momento.

–Es su hora de descanso. Lo llamaré y le diré que se dé una vuelta por el parque.

–¡Hace un frío terrible! –protestó ella.

–¡Oh!, Andy es fuerte –dijo él con sencillez–. Como yo; estamos acostumbrados a luchar contra los elementos y lo entenderá.

Durante un segundo, la idea le resultó tentadora, pasar el mediodía con Jay, ahora que se había despertado su voraz apetito sexual y ella no deseaba más que complacerlo. Pero... ¿qué pasaría después? Tendría que soportar las miradas curiosas de Andy toda la tarde y además Jay creía que lo tendría fácil siempre que quisiera con ella. No pretendía usar el sexo como arma arrojadiza, pero necesitaba respetarse a sí misma, y no le parecía serio hacer el amor entre capa y capa de pintura. O hacía las cosas bien o no hacía nada.

Keri sacudió la cabeza con decisión.

–No, Jay.

–¿Estás intentando volverme loco? –gimió él, incrédulo.

–No, desde luego que no.

Él sonrió y la soltó, lo que hizo disminuir un poco el anhelo.

–¿Qué has planeado? ¿Mantenerme a distancia?

–Durante las horas de trabajo –dijo ella con decisión.

–¿Quieres salir después? –dijo él, comprendiendo de inmediato el mensaje oculto.

Era increíble con qué facilidad rompía todas las convenciones de comportamiento y lograba salirse con la suya. Ella había escuchado invitaciones mucho más elegantes, pero nunca tan excitantes.

Pero estaba decidida a no ponérselo fácil y, si salía con él esa noche, sería incapaz de resistirse.

Él vio que dudaba y preguntó con cierta burla:

–¿O estás ocupada?

–Pues creo que sí –dijo, pensando en el montón de correo y facturas esperando que les dedicara unos minutos.

–Ya veo cuál es tu plan, Keri –dijo él; la tensión

había crecido en el ambiente–. Quieres tentarme y atraerme hacia ti para rechazarme al final.

Una respuesta tan airada por su parte hizo comprender a Keri que había acertado negándose a sus pretensiones.

–¿Siempre reaccionas así de mal cuando una mujer te rechaza? –dijo ella, levantando una ceja.

Se sentía frustrado y decepcionado, pero fue lo bastante listo para no decir que era la primera vez que le pasaba.

–Entonces, ¿no vas a salir conmigo?

–Hoy no. Pídemelo otro día. –dijo ella tras una pausa que le llenó de dudas.

Tan bella y segura de sí misma... ¿Habría leído uno de esos libros que explican cómo atar a un hombre bien atado jugando a hacerse la interesante? Si lo que esperaba de él era compromiso, estaba bastante equivocada.

–No soy el tipo de hombre al que le gusta esperar –le advirtió duramente.

Su arrogancia aumentó la indignación de Keri, que se encogió de hombros.

–Entonces no esperes –respondió ella fríamente–. Puedes salir con quien quieras y, si eso es todo, me voy.

Jay la admiró mientras agarraba su abrigo y se llevaba consigo toda su gracia y su belleza. Debía de estar leyendo uno de esos libros, porque si había algo que le hiciera desear las cosas con más fuerza era que le dijeran que no podía tenerlas.

Capítulo 11

KERI aprendió que a ella tampoco le gustaba que la hicieran esperar, y Jay tardó tres días en volver a pedirle una cita. Aquellos tres días fueron una agonía de excitación, espera y temor. En esos días se enteró de que tomaba el café solo, el pan integral, que trabajaba sin cesar y que no aceptaba llamadas de una mujer llamada Candy.

–¿Quién es Candy? –preguntó Keri, como si nada mientras quitaba una tira de cinta de carrocero.

–Una de tantas –respondió Andy–. Acuden como las moscas a la miel, pero la mayoría de las veces él las ignora por completo.

Cuando Andy fue por los sándwiches a mediodía, Jay salió de su despacho bostezando y desperezándose.

–¿Una larga noche? –murmuró Keri, sintiendo una punzada de celos.

–Una llamada a Estados Unidos a altas horas de la madrugada –la miró–. Tienes pintura en la nariz.

–En todas partes –asintió ella sonriendo.

«Me gustaría verlo», pensó él.

–¿Entonces? ¿Salimos esta noche?

–Creía que estabas cansado.

–Pues no, ahora estoy muy despierto –dijo él abriendo los ojos como platos.

Keri podía relajarse, ya se había hecho respetar.

–De acuerdo –dijo, sonriendo y muriéndose de ganas por abrazarlo–. ¿Qué quieres hacer?

«Creo que los dos lo sabemos, cariño», pensó él.

–Elige tú.

Ella quería hacer algo normal, algo que no implicara mirarlo a los ojos y pensar lo deliciosamente guapo que era.

–¿Qué te parece una película? Podríamos comer algo después.

–¿Una película?

–Sí, ya sabes... un hombre y una mujer van a una sala enorme y oscura, ven unas imágenes proyectadas sobre una gran pantalla... las palomitas son opcionales.

Él se echó a reír. No habría sido su primera opción.

–De acuerdo, ¿por qué no?

¿Quieres ver algo en especial?

–Tú eliges –dijo él, sacudiendo la cabeza.

La puerta se abrió y apareció Andy cargado con una bolsa marrón llena de comida.

Lo que Jay quería era llevarla a la cama. Entones, ¿por qué había aceptado ir al cine con ella? Habían pasado siglos desde la última vez que había estado en el cine con una mujer.

La noche era oscura y no había estrellas. Ese era el fallo de las ciudades para Jay, el exceso de luz ocultaba la belleza natural del cielo.

–¿Te ha gustado? –preguntó Keri.

–Ha estado bien, pero no me apasionan las películas subtituladas.

–Porque no lo necesitabas, al contrario que yo

–respondió ella– Has entendido toda la película... hablas francés, ¿verdad?

–Hay gente que habla francés, sobre todo en París –se burló él.

–Pero tú no creciste en París –le respondió ella.

–Pasé mis primeros años de vida en Nueva Orleans y daba igual con cuál de mis padres estuviera, ambos insistían en que debía mantener mi francés, así que siempre acudí a escuelas de enseñanza bilingüe –dijo sonriendo–. ¿Qué te parece si vamos a comer algo?

Aquel corte en la conversación parecía indicar que no quería seguir hablando de su niñez. Ella no tenía hambre, pero tampoco quería soportar más sermones por su falta de apetito, así que asintió con la cabeza.

–Me parece bien.

–¿Adónde quieres ir?

–Yo he propuesto la película, ¿qué te parece si tú eliges dónde cenar?

Él se detuvo y le acarició la mejilla.

–Pero a lo mejor no te gusta mi sugerencia, Keri.

–Inténtalo –dijo ella, temblando aún por su caricia.

–No quiero comer nada –dijo él sin más–. Al menos, ahora. Lo que quiero es quitarte la ropa y acariciarte todo el cuerpo hasta hacerte gritar y gemir otra vez.

Él no pudo ver que ella había enrojecido al instante. Podía sentirse acosada, sorprendida, avergonzada, podía negarse y tomar un taxi de vuelta... tenía muchas opciones. Sonrío tímidamente y dijo:

–Tengo la nevera llena de comida.

Él ya tenía la mano levantada para parar un taxi.

El viaje hasta el piso de Keri estuvo lleno de tensión y silencio. Él no la tocó ni le dijo una palabra y Keri se sentía confundida. Dada la opción escogida, lo normal habría sido haberse besado y acariciado todo el viaje, y no sentarse tan separados, como si fueran a una conferencia de negocios.

Jay pagó el taxi y anduvieron hasta la puerta de Keri. Una vez dentro, se abalanzaron sobre los brazos del otro salvajes y hambrientos.

Él le quitó el abrigo y ella ya estaba desabotonándole la camisa, deslizando sus manos bajo la camiseta que llevaba debajo, gimiendo al encontrar su cálida piel.

Algo parecía a punto de estallar en la cabeza de Jay. Los botones, el encaje, la suavidad de su piel y la humedad... con los últimos restos de sangre fría buscó protección en su bolsillo y se la colocó, apartando los pantalones a un lado. Ella tenía las braguitas a la altura de los tobillos, la tomó en su brazos y la llevó contra la pared, separando sus muslos. Sus bocas se buscaron y ella succionó sus labios con ansiedad mientras él la levantaba y la penetraba sin poder evitar el grave y exultante grito de deseo.

Intentó ir más despacio pero era imposible; ella era imposible, urgiéndole con sus gritos, gemidos y súplicas hasta que apartó su boca de la de él. Jay notó la tensión que la invadía, cómo arqueaba la espalda y solo cuando sintió los temblores se dejó ir en un orgasmo que parecía no acabar nunca.

Keri dejó caer la cara sudorosa sobre su hombro.

–Tendría que haberte ofrecido algo de beber primero, ¿no? –preguntó con voz somnolienta.

Jay cerró los ojos y la abrazó fuerte por la cintura.

–Eres asombrosa –murmuró él–. Completa y fascinantemente asombrosa. ¿Dónde está el dormitorio?

–¿De qué me hablas? –susurró ella–. Después de lo que me has hecho, no puedo pensar con claridad.

–Te llevaré en brazos y tú me dirás cuándo parar. Tiene que haber una primera vez para todo.

La llevó a la cama y solo entonces le hizo el amor como si tuvieran todo el tiempo del mundo, recorriendo cada centímetro de su piel lentamente con los dedos, como presentándose a ella por primera vez.

La acarició, tocó y amó hasta el borde del deseo, después se retiraba, una y otra vez, haciendo aumentar la intensidad de la pasión hasta una cima inexorable, elevando la frustración junto con el placer hasta que ella le suplicó que no parara. Él dejó escapar una breve carcajada de placer, como si fuera lo que había estado esperando todo ese tiempo. Ella era consciente del poder sexual que él tenía sobre ella, pero para entonces ya era demasiado tarde. Lo que vino después fue como el fin del mundo y su posterior nacimiento, sus sentidos estaban tan aguzados que no sabía si podría soportar vivir algo así, con esa intensidad.

Cuando Keri volvió a un estado de semiiconsciencia, encontró a Jay medio vestido. Llevaba los vaqueros y tenía el torso descubierto. Su cuerpo musculoso estaba bañado por la luz de la luna. Parecía un guerrero, pensó ella, tenso, alerta y vigilante, aunque no había ninguna amenaza en el frío invernal del exterior.

–Hola.

–Estás vestido –observó ella, conteniendo un bostezo e intentando mantener un tono imparcial, ausente de toda necesidad.

–Sí. Es hora de que vuelva a casa –miró su reloj–. Es más de medianoche.

Keri se sentó de un salto, con el pelo cayéndole sobre los pechos desnudos.

–¡No has comido nada!

–¡Y lo dices tú! –se burló él–. La verdad es que no tengo hambre.

Pero, por extraño que pareciera, Keri estaba hambrienta. Le habría encantado que él hubiera ido a la cocina y hubiera vuelto con una bandeja llena de cosas para comer a su lado. Podían haber comido juntos y ella podía haber comido de su mano, como habían hecho con tanto erotismo la primera noche. Pero a Jay no parecían gustarle esos jueguecitos románticos.

–¿Puedes pasarme mi bata, por favor?

Él tomó una prenda de seda de una percha tras la puerta y se la pasó, dudando de su decisión al ver sus largas y pálidas piernas emerger de debajo de las sábanas como una venus.

–Espero una llamada de Estados Unidos –dijo intentando dar una explicación.

Pero esa no era la historia completa. El sexo que acababa de compartir con Keri había sido... Sacudió la cabeza. Le había hecho sentir cosas que no deseaba sentir. Si se hubiera rendido a ese tipo de cosas, nunca habría hecho el trabajo para el que se había entrenado. Se sentía atrapado y sabía que tenía que salir de allí como fuera.

Ella se ató el cinturón de la bata, pensando en qué estaría pasando por su cabeza en aquel momento. Pero la mujer que había recibido y sentido tanto placer necesitaba conectar con él de otro modo. Quería abalanzarse sobre él, hacer que la tomara en sus brazos y que le demostrara que aquello era importante de veras. Merecía la pena intentarlo.

Se dirigió a él y lo besó, notando su respuesta, pero después él se apartó. No había expresión alguna en sus ojos y en su boca se dibujaba un rictus de desagrado.

–Tengo que irme, Keri.

Se quería ir y eso era todo. Ella intentó sonreírle.

–Te acompaño a la puerta.

En silencio caminaron hasta el recibidor, donde él encontró la camiseta y la camisa que ella le había quitado como un animal salvaje. Era una imagen de sí misma a la que no estaba acostumbrada y que no le gustaba demasiado.

Pero su beso de despedida fue casi tierno.

–Ha sido increíble –dijo él, suavemente.

–Sí.

–Te veré mañana.

De algún modo consiguió mantener el aspecto adulto que se esperaba de ella en una situación así, aunque en su fuero interno había una niña que quería colgarse de su brazo y suplicarle que no se marchara.

–Desde luego, a no ser que soportes tener pintadas solo la mitad de las paredes.

La pintura sonaba irrelevante, como todo lo demás. Cuando él se marchó, Keri cerró la puerta con mano temblorosa, sabiendo que, de algún modo y a pesar de las cerraduras, Jay Linur se estaba colando en su corazón.

Durmió mejor de lo que en un principio había pensado y, una vez vestida y lista para salir, ya se había convencido a sí misma de tener una actitud positiva. No podía culparlo por no haber cumplido con sus expectativas románticas y haber pasado la noche acunándola en sus brazos. Si lo que quería era flores a la luz de las velas, se había equivocado de hombre.

Ella llegó poco después que Andy, que ya estaba tomando su café sentado a la mesa.

–¿Una buena velada? –preguntó sin darle importancia.

–Genial –respondió ella, sin mover ni un músculo de la cara.

Los dos hombres eran muy amigos. ¿Habría Jay dicho algo así como «Hey, adivina lo que hay entre Keri y yo»? Los hombres hacían cosas así, especialmente aquellos que han vivido en un ambiente muy masculino donde las mujeres no tenían por qué tener un lugar muy importante.

–¿Y tú?

–Tranquilo –dijo él encogiéndose de hombros–. Supongo que tengo que salir más.

–¿Echas de menos América?

Removió su café y sacudió la cabeza.

–Inglaterra está bien para mí, y me gusta el hecho de que sea pequeña y esté rodeada de agua. Uno se siente seguro aquí.

–Pero no es tu hogar... –aventuró ella.

–¿Qué es un hogar? ¿Allí donde dejas el sombrero? –dijo él sonriendo–. Debo de haber vivido en más de cien lugares diferentes desde los dieciocho años. Mis padres están muertos y mis hermanas, casadas, y cada una vive en un sitio distinto, así que supongo que este es mi hogar.

Andy, al igual que Jay, había vivido una vida de nómada y algunas personas nunca se cansan de conocer nuevos sitios y nuevas personas.

Al escuchar los pasos de Jay en el exterior, se puso tensa. ¿Cómo se portaría con ella? ¿Frío? ¿Distante? Empezó a sentir un sudor frío en la frente.

Cuando entró, dejó el casco sobre la mesa y tomó el correo que le tendió Andy. Después, se dirigió a su despacho.

–Keri, ¿podrías venir un momento?

Con el corazón en un puño, se levantó, miró a Andy y le sonrió antes de dirigirse hacia el despacho de Jay.

Ella se detuvo en el umbral y Jay sintió cómo la excitación le invadía al recordar la noche anterior.

–Entra y cierra la puerta –dijo en voz baja.

Pero se sentía como clavada al suelo, incapaz de moverse. Se obligó a sí misma a intentar mantener una actitud profesional mientras cerraba la puerta y levantaba las cejas para preguntar formalmente:

–¿Qué puedo hacer por ti, Jay?

–Puedes venir aquí y besarme.

–Creo que ya intenté eso anoche y no funcionó.

Jay la estudió; había temido un derroche de sentimentalismo aún mayor, una parte de él casi lo había deseado porque eso la habría catalogado dentro de lo habitual.

–Estamos un poco gruñones esta mañana, ¿no? –dijo, ligeramente acusador.

–En absoluto.

–Entonces un poco terca.

Ella sonrió, sintiéndose cada vez con más poder sobre él.

–¿Solo porque no hago lo que deseas?

Él rio.

–Supongo que sí –paseó su mirada por todo su cuerpo, de pies a cabeza, desnudándola con los ojos, disfrutando del enrojecimiento de sus mejillas y de sus pupilas dilatadas–. ¿Sigues sin querer besarme?

–No es cuestión de querer –frunció el ceño–. ¿Qué sabe Andy de todo esto? –estuvo a punto de decir «de nosotros», pero le pareció que sonaba demasiado posesivo–. ¿Sabe que nos hemos acostado?

Jay levantó las cejas.

–No creas que corrí al teléfono a contárselo justo después de salir de tu casa, si eso es lo que quieres decir. A no ser que se lo dijeras tú esta mañana.

–¿Así que no sabe nada de lo que pasó en mi casa?

–¿Estás de broma? Una cosa así no resultaría nada profesional y yo tengo que dar ejemplo.

–¡Y estar conmigo era caer muy bajo!

–¡Oh, Keri! No quería decir eso y lo sabes. Yo no voy por ahí presumiendo de mis conquistas.

–No me había dado cuenta de que era una más de tus conquistas –dijo ella secamente.

–¡Demonios! ¡Estás tergiversando mis palabras! –se quejó él.

–¿Nos comunicamos por lenguaje de signos entonces?

–¡O por el tacto! –le complació ver cómo una sonrisa empezaba a aflorar en sus labios–. ¿Qué te parece si vamos a ver un espectáculo esta noche?

–¿Qué tipo de espectáculo? –dijo ella, sorprendida.

–¿Te gustan los musicales? Tengo dos entradas.

–¿Cuál?

Con ojos relucientes, él le habló de un espectáculo de éxito para el que era casi imposible conseguir entradas.

–¿Te recojo esta tarde? ¿Sobre las siete? Podemos tomar algo primero, si te apetece.

Keri sonrió; algo le decía que aquella noche no habría problema en que la recogiera... habían pasado el momento de frenesí y aquello sería una verdadera cita.

–Encantada –dijo ella.

Capítulo 12

EL AVIÓN aterrizó con el habitual aplauso de los pasajeros y la sonrisa de Jay. Había sido un viaje algo accidentado por las tormentas y la gente había pasado miedo, aunque él no. Había tenido vuelos peores y sabía que, si el avión se estrellaba, gritar no iba a mejorar la situación en absoluto.

Volvía de Manchester, donde uno de sus agentes se había puesto en contacto con él en referencia al caso de una niña implicada en un caso de divorcio especialmente escabroso. La niña había sido raptada y la policía no la encontraba, así que la madre se había puesto en contacto con Linur's.

Había sido una situación bastante complicada y Jay había acudido a prestar ayuda en un caso que él había conocido de cerca. Habían pasado momentos de peligro y tensión a lo largo de una interminable noche hasta que consiguió salvar a la niña.

Pero el habitual agudo instinto de Jay parecía entorpecido. Por una vez le había resultado difícil ser imparcial y ver el caso con frialdad, y se sintió identificado con el terror y dolor de la niña. Además, solo había estado allí a medias.

Recordaba la cara asustada de Keri cuando le dijo que tenía que ir a Manchester por unos asuntos.

–¿Qué tipo de asuntos? –había preguntado ella.

–Eso no te incumbe, cariño –había respondido él. El dolor y la preocupación que había visto en sus ojos le había atravesado el corazón. Pero ¿qué esperaba? No iba a darle un expediente completo de cada caso que llevara. Y no era solo por secreto profesional, esencial para la operación, sino el que ella se sintiera con derecho a saber solo porque había algo entre los dos.

Las mujeres construían las relaciones y luego solo había preocupaciones y cavilaciones. Cambiaban la dinámica de todo; eso era a la vez su fuerza y su debilidad.

Él no deseaba que domesticara su fuerza y cuanto antes lo supiera, mejor. Y las cosas eran así, él no estaba dispuesto a cambiarlas.

Cuando llegó, tenía un mensaje de ella: «Ven y cocinaré para ti. K.». No era comida lo que deseaba de ella. Lo único que deseaba era perderse en su cuerpo y olvidar el drama humano que acababa de vivir.

Cuando le abrió la puerta, estaba despeinada y parecía frustrada, pero le provocó la misma reacción y necesidad de siempre.

–¡Oh! ¿Es ya la hora? –dijo con los ojos muy abiertos.

Jay la subió en brazos; olía a leche y a manzana.

–¡Hola a ti también!

Ella lo besó breve y distraídamente, y en ese momento el llanto de un niño se dejó oír desde el salón.

Jay se quedó helado por el recuerdo de la niña a la que acababa de rescatar, llevándolo de nuevo a la oscuridad y el terror.

–¿Qué demonios es eso?

Ella ya había echado a correr por el pasillo, llamándolo:

–Es...pasa Jay, es William.

Él la siguió. El llanto se había hecho más intenso y, cuando entró en su habitación, la encontró irreconocible. Había cojines y lápices de colores por el suelo, el contenido de un frutero esparcido sobre el sofá y, en medio de aquel caos, un niño pequeño sollozaba contra el cuello de Keri.

Ella miró a Jay por encima del sedoso pelo negro de William con una expresión de impotencia.

–Shsss, Will –murmuró ella–. No pasa nada, mira... aquí está Jay.

William se dio la vuelta, miró a Jay y gritó aún más fuerte antes de volver a enterrar su carita en el cuello de su tía.

–Se le pasará en un momento, en cuanto te conozca –dijo ella–. Siempre lo pasa mal con los extraños.

Debía de ser su sobrino, imaginó él, el hijo de su hermana. ¿Qué estaría haciendo allí?

–Erin quería ir a hacerse la pedicura–explicó Keri mientras Will golpeaba sus caderas con los diminutos piececitos.

Esta explicación alentó aún más su sensación de malestar. Así que su hermana iba a que le pintaran las uñas mientras su niño lloraba. ¿Serían las dos igualmente esclavas de la belleza?

–¿Por qué no te pones algo de beber? –ofreció Keri, preguntándose por qué tendría aquella expresión de descontento.

La presencia de Will no podía ser tan desagradable, ¿o acaso sí lo era si entorpecía el que acabaran en la cama?

–No quiero beber nada. He tenido una noche muy

larga y estoy un poco cansado. Parece que tú estás bastante ocupada, así que te veré mañana.

Keri se quedo boquiabierta. Su pelo suelto se mezclaba con los negros mechones de Will, que parecía estar en aquel momento mucho más interesado en Jay, pues le lanzaba miraditas con unos ojos tan negros como los de ella. Él observó el modo en que tenía al niño apoyado sobre la cadera, una imagen muy distante de la de la modelo de hielo. Sus mejillas estaban encendidas y, con el niño así, tenía un aspecto muy sexy. ¿Quién hubiera pensado que podría encajar tan bien en el papel de madre?

La deseaba aún más, pero la quería solo para él, y desearía no desearla de ese modo, ¡maldición!

–Creo que me iré.

–De acuerdo –dijo ella débilmente, y lo miró mientras se marchaba. No podía evitar el dolor que hería su corazón.

Algo estaba pasando; él se alejaba de ella cada vez más. Keri sabía que estaba yendo demasiado lejos, más allá del punto de no retorno, pero no podía hacer nada para evitarlo. En los días buenos, se decía a sí misma que no había motivo para ello.

Pero aquel era un mal día, aunque no había ningún motivo concreto. Sentó a William en el sofá y este empezó a comerse una de las manzanas que había sobre él. Keri empezó a recoger los cojines, intentando aislar las causas de su dolor.

Una de ellas era que Jay no se había quedado nunca a dormir con ella. Ni una sola vez. Ella no había pensado al principio lo mucho que lo necesitaba y que deseaba abrazar su fuerte cuerpo y despertarse junto a él a la mañana siguiente. Prepararle el desayuno y tomar café juntos, como una pareja normal.

Pero una noche, recostada sobre los almohadones y negándose a borrar de su cara la sonrisa de satisfacción, había probado a decírselo.

–¿Tienes que irte, Jay?

No se detuvo mientras se ponía el jersey.

–Me temo que sí –se produjo un silencio extraño–. Tengo trabajo desde Estados Unidos a las horas más intempestivas –explicó él–. La diferencia horaria supone que no puedo tratar con ellos durante el día.

Lentamente, ella se llevó un dedo a la boca y lo succionó, viendo como sus ojos se oscurecían.

–¿Qué harías si te dijera que a mí no me importa que me despierten? –preguntó ella.

–No podría hacerlo, Keri –murmuró él–. Piensa en todos los problemas que tendría con tu agencia si empezaras a tener ojeras.

Una respuesta muy limpia y diplomática, pero no menos hiriente.

«Nunca se lo volveré a pedir», se juró a sí misma, nunca.

Y él tampoco la había llevado nunca a su piso. ¿Por qué?

La llegada de Erin con la cara radiante interrumpió el curso de sus pensamientos.

–¡Oooh! ¡Me siento genial! No había hecho esto desde... –se mordió el labio y después sonrió valientemente– bueno, desde hacía siglos.

–¿Quién sabe? –bromeó Keri–. Tal vez incluso consigamos que vayas a la peluquería pronto.

–¡Tranquila! –Erin se detuvo mientras le ponía el

abrigo a William y miró a su gemela fijamente–. ¿Qué ocurre?

–Nada.

–Keri, estás hablando conmigo.

–Jay acaba de venir –dijo ella encogiéndose de hombros.

Erin miró a su alrededor.

–¿Dónde está?

–Se fue a casa

–¿Enfadado?

–¿Por qué dices eso?

–Me lo dice tu cara. ¿Os habéis peleado?

–No, no nos hemos peleado.

–Bueno, ¿entonces qué pasa, Keri?

¿Acaso estaba dándole vueltas a algo que no tenía importancia?

–Estaba pensando que no he estado nunca en su casa.

–Qué extraño –dijo Erin levantando las cejas.

–¿Tú crees?

–Claro que sí. Tal vez le dé vergüenza invitarte.

–¿A Jay? ¡No lo creo! –rio Keri.

–Bueno, ¿y por qué no haces algo?... preséntate allí y dale una sorpresa.

–No –dijo Keri, lentamente–. No podría.

Erin parecía cariacontecida.

–Por Dios, Keri. ¿Eres una mujer adulta o un tímido ratoncito? ¿Qué es lo peor que puede pasar? ¿Que no te deje entrar?

Pero aquello no era lo peor, la idea que la atormentaba en los momentos de mayor inseguridad... lo peor sería que se acabara todo, que Jay no la deseara o no la necesitara. ¿Podría continuar viviendo si eso sucedía?

Si todo dependía de saber dónde vivía él, tal vez sería mejor descubrirlo cuanto antes.

Llamó a un taxi. Él vivía en Greenwich, cerca del río y del parque y su moto destacaba entre los coches caros aparcados en la acera.

Keri llamó al timbre con dedos temblorosos. Jay abrió. Llevaba solo los vaqueros, el pelo mojado tras la ducha, los pies descalzos y una expresión de alerta y sorpresa.

–Keri –dijo él suavemente–. Pasa, qué sorpresa.

Ella se quedó allí de pie y lo miró.

–Gracias.

Ella entró y miró a su alrededor. El apartamento era enorme y tenía una vista espectacular sobre el río, pero estaba tan vacío que su oficina parecía repleta en comparación. Solo había unos cuantos muebles, los esenciales: un enorme y masculino sofá de piel en el salón, una mesa de encina con sillas a juego, una cocina supermoderna, un aparato de sonido espectacular y eso era todo.

Allí vivía él. No había objetos de decoración, solo cosas útiles. Parecía una residencia temporal, como si fuera a marcharse de allí en cualquier momento. Cualquiera podría haber vivido allí, porque no había objetos personales de Jay sobre los muebles, ni cuadros en las paredes.

–Siéntate –dijo él–. ¿Te traigo algo de beber?

A diferencia de él, ella no rechazó la oferta.

–Sí, por favor.

Se sentó en el sofá e intentó relajarse, pero estaba tan tranquila como en una entrevista de trabajo para un puesto realmente interesante.

–¿Llevas mucho tiempo viviendo aquí?

–Cerca de un año –vio como ella fruncía el ceño–. ¿Te gusta?

–Sí... supongo. Es bastante básico.

–A mí me gusta así –repuso él.

Tenía que ser la mujer más estúpida del mundo para no apreciar la advertencia implícita en aquella frase.

Abrió una botella de vino blanco y sirvió dos vasos, dulcificando su sonrisa.

–Estoy haciendo comida *cajun*. ¿La has probado alguna vez?

Ella sacudió la cabeza y tomó un sorbo de vino impresionada aunque no sorprendida ante la autosuficiencia de Jay.

–Nunca.

–Entonces no has vivido.

El vino blanco le abrió el apetito. Él le sirvió *gumbo,* un estofado de *okra* con camarones y arroz.

–Come –dijo él.

Estaba delicioso y dejó escapar un gemido de placer.

–Te está gustando, ¿verdad? –dijo, después de observarla un rato.

–¡No estés tan sorprendido!

–Pues lo estoy. Cuando te conocí, parecía que la comida fuera tu enemigo.

–Bueno, ya no. He cenado todas las noches y he tomado un sándwich a mediodía casi todos los días.

–Tienes buen aspecto –dijo él, recorriendo su cuerpo con la mirada.

–Si con eso quieres decir que he engordado, tienes razón. Esta mañana me ha costado ponerme los vaqueros. No quiero ni pensar lo que puede pasar cuando llegue a mi próximo trabajo de modelo.

Era como una burbuja a punto de estallar.

–Pronto acabarás con la pintura, ¿no? –dijo Jay, casi con cuidado.

–Sí –desde luego no podía prolongarlo más tiempo.

–¿Seguirás trabajando como modelo?

Él estaba hablando de futuro y aquello le asustó aunque intentó ocultar su temor.

–Por supuesto. Me dedico a eso. ¿Qué te creías? ¿Que esto me lanzaría como diseñadora de interiores?

–¿Por qué no? Eres buena.

–Para empezar, no tengo titulación y tengo muy poca experiencia.

–¿Y qué?

–Que las cosas no son tan fáciles, Jay, y no funcionan así.

Se sentía frustrada y la calidez del vino se evaporaba con sus palabras. Tenía miedo de acabar el trabajo porque no sabía si volvería a verlo después de eso. Él no había dicho nada y ella tenía miedo de preguntarle... tenía miedo de la respuesta.

–Has dejado de comer –dijo él suavemente.

¡Maldito sea! Por la indiferencia de sus palabras y por su terca determinación de no dejarla pasar la noche con él.

Keri apartó el plato, se estiró y bostezó.

–Estoy cansada –confesó.

Él era consciente de lo que ella estaba haciendo... era una demostración de su poder físico sobre él: la ajustada camiseta marcando sus curvas, los mechones negros cayendo sobre su pecho. Tenía que contenerse. Si le hacía el amor allí, no podría pedirle que se marchara.

Pero, si se quedaba, ¿qué vendría después? Pronto ella llenaría su cuarto de baño con todo tipo de cosas de mujeres e iría dejando encajes y ropa interior por todas partes. Después le preguntaría a qué hora pensaba llegar y pronto irían al supermercado juntos y discutirían sobre qué marca de zumo comprar. Ese tipo de vida sería un infierno.

–Ven aquí –llamó dulcemente.

Había algo en sus palabras que hacía imposible que lo desobedeciera, incluso si lo hubiera deseado, y una nueva luz en sus ojos, más cautivadora aún.

Automáticamente, ella se dirigió hacia él para sentarse en su regazo, pero él negó con la cabeza.

–No, aún no –sus ojos relucían–. Primero, quítate la ropa.

–¿Ya? ¿Así? –dijo Keri, parpadeando incrédula.

–Quiero que hagas un striptease para mí, Keri. Eso era lo que estabas pensando, ¿no?

Un escalofrío le recorrió la columna... Él la estaba haciendo sentir como... ¿como una bailarina de strip? Lo miró temblorosa.

–No, por extraño que parezca.

Él levantó una ceja, pero sabía que la estaba probando. Ella se sentía dolida y eso le hizo ver algo quc había estado ignorando mucho tiempo. Estaba claro que para ella lo que ellos tenían era algo más que un pasatiempo y, si continuaban, le haría aún más daño. Aquello le pasaba constantemente, después de todo, hacía daño a las mujeres porque no les daba lo que ellas querían realmente.

Pero vio el temblor de sus labios y algo en su interior se derritió. Luchar contra ello no funcionaría y, además, tampoco era lo que quería. Alargó la mano hacia ella y la atrajo hacia su regazo porque el acto físico era fácil; podía perderse en ello y no hacer caso de todas las preguntas que nadaban sin rumbo en su mente.

–Bésame –susurró él.

Por un momento, ella se resistió, pero, cuando él empezó a besarle el cuello, ya no pudo hacer nada para pararlo.

–¡Oh, Jay! –exclamó ella débilmente cuando empezó a acariciarla.

Él la llevó a la habitación y le quitó la ropa lentamente, besando su piel. Y ella recorrió su torso con las yemas de los dedos, su caderas y más abajo aún...

–Keri –masculló él.

–¿Qué?

Aquello le gustaba más. El hombre de ojos fríos había desaparecido y en su lugar había un hombre con debilidades, como ella. A él le encantaba tener el control, pero, entonces, iba a ser él el controlado.

Ella rio y bajó por su vientre con la lengua; le encantaba el modo en que él se encogía, poniéndose rígido, como si no pudiera creer que ella de verdad fuera a...

–¡Oh, sí! –gimió él.

Ella nunca le había hecho aquello a un hombre, ni siquiera a Jay, pero se dejó guiar por su instinto mientras su boca lo acariciaba y lo incitaba. Cuando supo lo que le gustaba, lo hizo una y otra vez, hasta que al fin él quiso apartarla, pero ella no le dejó. Quería poseer la parte más íntima de él de un modo casi primitivo.

Él se estremeció, perdido en las brumas del placer,

por un momento completamente vulnerable. La levantó y la acostó de espaldas, colocándose sobre ella con ojos brillantes. Keri se dio cuenta de que iba a pasar la noche en su cama.

–Ahora te toca a ti –dijo él con voz extraña.

Capítulo 13

JAY parecía distraído cuando se ducharon y se vistieron para ir a trabajar a la mañana siguiente y fue obvio que se sintió aliviado cuando ella llamó a un taxi para ir por su cuenta a la oficina, aunque hizo lo posible por ocultarlo.

Mientras Keri flotaba en una nube porque por fin habían pasado la noche juntos, Jay permaneció distante todo el día. Cuando aquella tarde le dijo que tenía que «recuperar», ella no se sorprendió lo más mínimo. Ninguno de los dos había dormido mucho la noche anterior y las cosas volverían a la normalidad al día siguiente.

La mañana siguiente resultó especialmente desapacible. Keri tenía la cara mojada por la lluvia mientras se ponía el bolso sobre el hombro y subía los escalones a la carrera. Una vez arriba, se dio cuenta de que ya se podía prever el final del trabajo.

La diferencia era notable. El lugar estaba irreconocible con aquellos colores fuertes y vibrantes que habían quedado incluso mejor de lo que ella había previsto. El rico color zafiro reflejaba el color del agua del río y la sala era lo suficientemente grande para soportar esos colores.

Incluso Jay tuvo que admitirlo.

–Algunas personas no pueden ver las posibilidades de un lugar –había murmurado–, pero tú sí tienes esa capacidad. Es un don, Keri. Está muy distinto.

Tal vez la dejara comprar algunos cuadros más. A lo mejor podría encontrar un póster de Nueva Orleans, ya que él había pasado su infancia allí y le gustaba la comida *cajun*.

Tal vez incluso pudiera poner una gran planta en la esquina. Quizá le gustara vivir en un lugar no muy distinto de una celda carcelaria, pero no tenía que trabajar en él.

Andy estaba al teléfono cuando llegó.

–Hola, Keri –dijo él, tal vez con demasiada indiferencia.

Algo le dijo que las cosas no iban bien.

–¿Ha pasado algo?

–Depende de a qué te refieras con «pasar» –respondió Andy, cauteloso.

Andy le caía bien a Keri. Era una persona tranquila y sencilla, y ¡en aquel momento parecía estar sentado sobre un hormiguero!

–¿Dónde está Jay?

Tomó aliento, como si hubiera ensayado muchas veces para decir esta frase. O tal vez le hubieran indicado lo que tenía que decir.

–Se ha ido.

–¿Que se ha ido? ¿Dónde?

–Ha tomado un vuelo para Nueva York esta mañana.

–¿Hasta cuándo estará allí?

–No ha dicho nada –debió ver algo en la cara de Keri porque añadió:–. No lo había planeado, Keri.

Keri no podía levantar la vista del suelo. Tal vez no, pero había teléfonos. Desde cualquier aeropuerto se podía mandar un correo electrónico, pero Jay no lo había hecho, y no era difícil imaginar el motivo.

En la voz de Andy había un tono de simpatía y cercanía.

–Tú ya sabías que nos veíamos, ¿no? ¿Te lo había dicho él?

Él sacudió la cabeza.

–Nunca habla de su vida personal conmigo. Me lo imaginé yo solo –le sonrió dulcemente–. Cuando una pareja se toma tantas molestias para evitar estar juntos, normalmente hay un motivo.

Sí, la verdad era que se evitaban en medida de lo posible durante las horas de trabajo, por sugerencia de Jay, pero, cuando se detuvo a pensar, reconoció que él había evitado el contacto en todas partes... No habían dormido juntos más que una noche.

¿Habría cometido Keri el delito de desear que sus sueños se hicieran realidad? Ella deseaba que él sintiera algo más profundo por ella, como ella lo sentía, pero estaba claro que no era así.

Andy le tomó la mano, como si quisiera poner paz, ofreciéndole apoyo moral.

–No es algo personal, no te lo tomes de ese modo. Él es así.

–Y, ¿cómo es él? –respondió ella con ojos claros y brillantes.

Él tomó una bocanada de aire, como si estuviera valorando si debía o no contárselo, pero la fuerza que irradiaban sus ojos le hizo decidirse.

–Él no desea ser manipulado por nadie. Es un espíritu libre que se siente en peligro cuando nota ataduras. Tiene miedo de que lo aten o de atarse. En esos momentos corta con todo y huye.

–¿De qué huye? –preguntó ella– ¿De sí mismo?

–¿Quién sabe? Tal vez. Déjame contarte algo sobre él. Lo conozco desde hace bastante tiempo, y ha sido el mejor comandante que he tenido nunca, pero a veces tengo la impresión de que no sé nada de él. Es duro y frío e intenta no implicarse en sentimentalismos. Ese tipo de hombres son líderes natos. Cuando dejé los SEALs... bueno... andaba un poco descarriado. A muchos chicos les ocurre que no pueden soportar el verdadero mundo real, y a mí me pasó eso. Empecé a beber. Mucho. Y alguien tuvo la fantástica idea de introducirme en las drogas.

En sus ojos entrecerrados Keri pudo ver una punzada de dolor.

–Cuando Jay me encontró otra vez, estaba más muerto que vivo. Desde luego no vivía. Me recogió y me ayudó a recuperarme, y me dijo que, si me volvía a ver cerca de una sustancia química, él mismo se ocuparía de mí, y lo creí.

Su voz era distinta y sus ojos estaban más azules que nunca.

–Nunca miré atrás –dijo él–, me dio un trabajo y una nueva oportunidad. Trabajé mucho para demostrarle cuánto le debía. Toda mi vida, en realidad –añadió.

Keri afirmó con la cabeza y en aquel momento su admiración por él eclipsó la amargura que le había causado.

–Él se dedica a rescatar a la gente, Keri –dijo Andy–. Él ve lo que necesita cada uno, se lo da y después se aparta de su camino.

Era como escuchar un oráculo.

Desde luego que rescataba a la gente. Él había rescatado a Keri, primero de la nieve, luego de su desierto sexual y la había animado a utilizar su propia creatividad en lugar de ser la inútil que muchos pensaban que era por ser modelo.

Él que no hubiera completado la fantasía de galopar con ella hacia la puesta de sol no era culpa suya, sino de ella, que no había sabido entenderle. O no había querido.

Keri asintió de nuevo. Había sido una mala noticia, pero no podía derrumbarse por ello.

–Bueno, supongo que será mejor que acabe el trabajo por el que me han pagado –respondió ella sonriendo como si tuviese una cámara delante–. ¿No me traerás un café esta mañana, Andy Baxter?

Aquella tarde se lo contó todo a Erin entre lágrimas y sorbos de vino.

–¡Qué bien me vendría ahora un cigarrillo! –dijo ella.

–Nada de eso –dijo Erin con decisión–. Dejaste de fumar hace años y no vas a empezar ahora –le sirvió más vino–. Tal vez no se haya acabado...

Pero ¿no sería aquello aún peor? Nada cambiaba excepto sus sentimientos. Jay no cambiaría; era feliz con la vida que llevaba y ser un espíritu libre probablemente fuera divertido.

Pero los sentimientos de Keri seguirían creciendo... ella lo sabía... y ¿adónde la llevaría eso?

–Tiene que acabarse –dijo ella dejando la copa de un golpe sobre la mesa–. Si no, no tendré paz nunca.

–¿Y si llama? ¿Qué le dirás?

Hubo una pausa. Keri miró a su gemela.

–Bueno, yo esperaba que se lo dijeras tú.

Erín, incrédula, sacudió la cabeza.

–No, Keri. Tienes que estar loca.

–Por favor, Erin, por favor. Cuando éramos más jóvenes, lo hacíamos todo el tiempo... ¿Qué diferencia hay?

–¿Estás de broma? La diferencia es el tiempo que ha pasado y la madurez. Además, peso cinco kilos más quc tú.

–No sé si ahora son tantos –respondió Keri secamente–. Y siempre puedes llevar un jersey ancho.

–¡Por Dios, Keri! ¡Tú has tenido relaciones sexuales con ese hombre! ¿Qué se supone que tengo que hacer yo cuando venga hacia mí? Supongo que ya sabrá que tienes una hermana gemela.

Ella afirmó.

–¿Y cuánto tiempo crees que tardará en darse cuenta?

Keri frunció el ceño. Tal vez tuviera razón. Jay podía ser insensible ante las necesidades de una mujer, pero desde luego no era insensible ante sus deseos. Se enteraría y se pondría furioso.

Pero ya no le importaba su rabia.

–Podemos concertar una cita en un restaurante abarrotado –suplicó ella–. Allí no te tocará, odia las muestras de afecto en público. Puedes decírselo enseguida, salir de allí y dejarle pagando la cuenta. Será corto y profesional, y no tendrá tiempo de averiguar nada.

–¿Decirle qué exactamente?

–Que no quiero volver a verlo. Ni siquiera tienes

que dar más explicaciones, Erin. Él tampoco me ha explicado nada de por qué se ha ido sin tan siquiera decir adiós. Y además, todo esto es por si llama –añadió ella–, y tal vez ni lo haga. Ya he acabado en su oficina, y probablemente también he acabado con él. Tal vez esta sea su forma de romper sin tener que enfrentarse a mí.

Las dos se quedaron en silencio y, cuando Erin habló, su cara estaba muy seria.

–¿Por qué no lo haces tú misma? Decírselo...

–Porque no creo que pueda resistirme –confesó en un susurro–. Tal vez ni siquiera quiera resistirme. Pero tengo que hacerlo. Si me hace el amor y me convence para que sigamos así, este dolor no parará nunca. Erin, por favor... por favor...

Otra pausa.

–Mi pelo es distinto del tuyo.

Keri sonrió cariñosamente a su hermana.

–Estoy segura de que a mi peluquero le encantará peinarte. Será mi regalo para agradecerte el hacer algo que yo no tengo el valor de hacer. Piensa en lo genial que te sentiste cuando te convencí para que te hicieras la pedicura.

Erin sonrió

–¿Un jersey ancho, dices? No podrá ser un restaurante muy elegante, entonces.

Jay se puso el casco y echó un vistazo a la oficina: los cuadros, los cálidos y brillantes colores de las paredes y algunas plantas que hacían que la habitación estuviera más viva. Frunció el ceño, pues no recordaba que hubiera ninguna planta allí.

Se dirigió hacia la ventana y admiró la vista del agua reflejando la luz del sol. Aquellos negocios en Nueva York habían sido necesarios aunque no urgentes... sentía la necesidad de cambiar de escenario, de gentes. Siempre había funcionado hasta aquella vez.

Nueva York no le había servido de refugio en esa ocasión, la imagen de Keri, con sus grandes ojos negros era lo último en lo que había pensado antes de dormirse y lo primero al despertarse. No podía quitarse de encima la sensación de que esa vez había huido demasiado pronto, que había dejado escapar algo precioso que no había sabido apreciar en su momento.

–¿Dónde está ella? –preguntó.

Andy le pasó una taza de café.

–¿Quién? –preguntó inocentemente.

–¿Quién va a ser? Keri –gruñó Jay.

–Ya ha acabado el trabajo, jefe. Se ha ido.

–¿Que se ha ido?

Así que la oficina era otra vez solo para ellos. Tendría que sentirse aliviado, al fin podría trabajar sin que le distrajera una atractiva mujer vestida con un peto salpicado de pintura.

–¿Qué dijo? –preguntó frunciendo el ceño.

–No mucho. Te ha dejado la factura por su trabajo en el despacho. Sobre la mesa.

Jay fue a su despacho, encontró el sobre y lo abrió.

Dentro solo había una factura, nada más... ninguna nota con un «espero que te guste», ni besos ni nada.

«¿Qué demonios esperabas?»

Agarró el teléfono y la llamó. El teléfono sonó y sonó hasta que por fin respondió ella.

–¿Sí?

–¿Keri?

Su corazón dio un vuelco. «Mantén la calma», se dijo a sí misma.

–¿Jay?

–Sí –sonrió–. ¿Me has echado de menos?

Ella se moría de ganas de decirle «¿Por qué te marchaste sin decirme nada?», pero no iba a mostrarle que estaba dolida o molesta. No tenía derecho, en realidad, ya que él no le había prometido nada.

–He estado ocupada –dijo ella–. He trabajado para unas revistas.

–¿Oh? ¿Algo interesante?

–Anuncios de medias –dijo ella con tranquilidad.

A Jay casi se le cayó el teléfono cuando oyó la palabra «medias».

–¿Entonces? ¿Cuándo podré verte?

Se había ido sin decirle nada y ahora quería volver como si nada hubiera pasado. Aquello podía ser una relación puramente sexual fantástica, pero eso no era suficiente.

Sus nervios estaban a punto de fallarle, pero se convenció a sí misma de que tenía que hacerlo. Era mejor sufrir por echarle de menos que por mantener una relación no correspondida.

Miró su agenda y le dijo:

–¿Qué te parece mañana? ¿Para comer?

–¿Para comer? –repitió sorprendido.

–No tienes problemas para comer, ¿no?

Seguro que sí los tenía. Lo que querría sería llevarla directamente a la cama y, si acababa de volver de viaje, probablemente no pudiera entretenerse mucho rato fuera de la oficina.

Jay sacudió la cabeza. Quería verla en ese momento. Esa misma noche, pero no podía pedírselo. Sabía que ella tenía motivos para mantener ese tono de voz ligeramente frío.

–Me viene bien quedar para comer –asintió él– ¿Dónde?

Ella cerró los ojos y le dijo el nombre del restaurante... era la única manera de hacerlo.

Capítulo 14

HABÍA un ligero murmullo en el restaurante y los ojos de Jay se fijaron inmediatamente en ella cuando apareció.

No fue el único que la miró, pero eso no debía sorprenderle. Ella era preciosa, pero normalmente no la veía a tanta distancia. Al observar sus movimientos andando entre las mesas, Jay frunció el ceño.

Ella se sentó a la mesa y lo saludó:

–¡Hola!

–Hola –dijo él suavemente.

Keri tenía las manos temblorosas. Él se dio cuenta y la miró a los ojos, pero era difícil leer algo en ellos; se había pasado un poco con el maquillaje y el flequillo se interponía entre sus miradas.

Keri se aclaró la garganta y empezó:

–Antes de seguir, hay algo que tengo que decirte, Jay.

Él había estado antes a la expectativa, pero ahora su sentido de alerta se incrementó.

–¿Quieres que pidamos la bebida primero?

–No –dijo ella, sacudiendo la cabeza y desparramando el ébano satinado de su pelo por sus hombros–. No he venido a tomar nada, ni siquiera a comer.

–¡Qué intrigante! ¿A qué has venido entonces? –podía ver cómo parpadeaba nerviosa.

–No es fácil de decir.

–Inténtalo –pidió él con una nota extraña en su voz. Estoy fascinado.

–Quería decirte que lo he pasado muy bien contigo, pero he estado pensándolo mucho y he decidido que será mejor que no nos volvamos a ver –le sonrió–. Solo era eso en realidad –echó su silla hacia atrás–. Supongo que no te sentirás despechado.

Él esperó hasta que se hubo levantado y después sonrió.

–¿Puedes hacerme un favor antes de marcharte? –preguntó en voz baja.

–¿El qué? –preguntó ella sorprendida.

Su voz sonó dura y firme.

–Dile a Keri que me pondré en contacto con ella.

Keri había pensado dejar el contestador encendido, irse de su casa durante una semana o dos e incluso llamar a su agencia y preguntarles si no habría ninguna sesión fotográfica en algún lugar exótico. Pero ¿de qué serviría? Si Jay quería verla, lo haría, eso no lo dudaba ni por un momento.

Él sabía lo que ella deseaba, o más bien, lo que necesitaba hacer, y era lo suficientemente hombre como para aceptarlo.

Cuando sonó el timbre con insistencia, no tuvo que mirar por la mirilla para saber quién era. Le abrió la puerta pensando en que tenía aspecto tenso. Iba vestido como casi siempre, de negro, pero ese día tenía un aspecto amenazador que nunca le había visto.

–Será mejor que entres.

Él entró en silencio y cerró la puerta tras de sí. Sus ojos delataban su enfado y cuando habló, su voz era dura y fría.

–¿Crees que soy un completo idiota, Keri?

Ella se quedó retraída ante la profundidad de su ira.

–¿Cómo lo adivinaste?

–¿Que cómo lo adiviné? ¿Que enviaste a tu gemela para hacer el trabajo sucio por ti? ¿Crees que no me entero de nada?

–¡Pero si somos idénticas! –se excusó ella.

–No, os parecéis mucho –le corrigió él–, pero no sois idénticas. No hay dos seres humanos en el mundo que lo sean. Para empezar, tú eres modelo y tienes una forma de andar particular que tu hermana no tiene. Ella tiene la voz distinta de la tuya y desde luego no piensa igual que tú. Nunca he visto a una mujer más incómoda. Dime, tuviste que obligarla a hacerlo, ¿verdad?

–Sí –admitió Keri.

–Pero ¿por qué? ¡Dime el motivo! Si querías dejarlo, ¡por qué no me lo dijiste tú misma! Eres una mujer fuerte e independiente y seguro que has tenido que rechazar a muchos hombres en tu vida.

Ella se mordió el labio inferior. Él estaba muy equivocado: ella no era fuerte, y mucho menos con él. Era débil y se sentía herida por desearlo tanto.

–¡No me hagas decirlo, Jay!

–¿Decir qué? ¿Que te has cansado? ¿Que el hombre duro estuvo bien durante un tiempo, pero ahora que te ha demostrado que eres una mujer normal que puede sentir placer, ya es hora de pasar a alguien más apropiado para una famosa modelo?

–¡No digas eso! –respondió ella bruscamente–. No es eso y lo sabes.

Jay soltó todo el aire contenido en sus pulmones. Su corazón latía como loco y todo lo que quería era zarandearla y besarla al mismo tiempo. ¿Qué le había hecho?

–Dime qué ocurre entonces, Keri –pidió con suavidad.

–¡Eres tú el que se fue sin decir nada! ¡Tú eres el hombre cauto que no vende su independencia por nada, como si yo estuviera tratando de atarte corto hasta que me lleves del brazo al altar!

–Todo esto tiene que ver con el hecho de que me marchara por asuntos de negocios sin pedirte permiso primero.

–¡No es eso! ¡Estabas huyendo!

Él se quedó helado, mirándola con cara de incredulidad.

–¿Qué? ¿De qué iba a huir?

–¡De mí! ¡De nuestra relación! Del modo en que lo haces siempre... Andy me lo dijo.

–¿Ah, sí? Bueno, entonces creo que tendré que tener unas palabras con él. Él trabaja conmigo, pero no es mi psicoanalista –dijo furioso.

–No necesitaba que me lo dijera Andy, ya me había dado cuenta sola y él me lo confirmó. Te lo estoy poniendo fácil, ¡se acabó! Eso era lo que querías, ¿no?

Él no respondió inmediatamente; la miró profundamente a los ojos y dijo:

–¿Es eso lo que tú quieres?

¡Por supuesto que no! Ella le devolvió la mirada.

–¡Yo he preguntado primero!

Él sentía un dolor tan fuerte que no podía creer que no fuera físico.

–¡Oh, Keri! –murmuró él–. Eso no es lo que yo quiero.

A ella no le preocupaba si lo asustaba; sabía que no podía vivir en la ignorancia.

–Entonces, ¿qué quieres, Jay? –preguntó.

Él sabía que se lo debía, pero era difícil encontrar las palabras exactas para describir cómo se sentía; nunca lo había tenido que hacer, ni siquiera para sí mismo. Pero al mirar aquellos ojos oscuros deseó hacerlo, aunque no estuviera seguro de cómo.

¿Cuándo había empezado todo aquello?, se preguntó él a sí mismo. Se sentía en terreno completamente desconocido.

–Te deseo –dijo por fin.

Tenía que haber sentido alegría, pero solo se sintió aún más suspicaz, y los sentimientos que había estado conteniendo salieron a la luz como en una erupción volcánica.

–¿Estás seguro, Jay? ¿Por eso huyes? ¡Porque cometí la temeridad de ir a tu piso sin ser invitada y pasamos toda la noche juntos! ¡El mensaje está muy claro!

–Ya lo sé –suspiró él.

Era la primera vez que veía un punto flaco en su armadura, un momento que en otro hombre hubiera podido ser descrito como vulnerabilidad. Toda su ira desapareció de repente y se transformó en cautela, como quien intenta dar de comer a un animal salvaje hambriento.

–¿Entonces? ¿Qué ha cambiado? –pregunto ella con más calma.

–Yo –respondió él–. Yo he cambiado. O más bien, has sido tú la que me ha hecho cambiar. Yo siempre había huido del compromiso porque...

Podía tener muchos motivos para ello: el divorcio de sus padres y las idas y venidas de un lado a otro del Atlántico, su elección profesional y la no implicación emocional que requería...

También podía decirlo claramente, tan simple como era en realidad.

La miró y ella vio en sus ojos un brillo que no había visto nunca antes.

–Porque no había encontrado a la mujer perfecta hasta ahora.

Por un momento ella no lo creyó. No se atrevía por miedo a estar soñando y despertarse en medio de la sombría realidad sin Jay. Pero el fulgor de sus ojos le decía que era verdad, simple y llanamente. La quería profundamente. No había utilizado las palabras convencionales para decirlo, pero Jay no era un hombre convencional. Además el amor no siempre podía traducirse en palabras.

Algunas mujeres habrían necesitado más, pero ella entendió aquellas palabras tan simples. Él estaba rompiendo su tabú y había buscado más allá de la superficie de su vida; para un hombre como Jay, aquello era un gran logro.

Otras palabras podían seguir a esas, pero ella quería saborear las primeras, su mirada y su expresión, que le decían que aquel hombre fuerte y experimentado también podía ser frágil y vulnerable.

–Oh, Jay –susurró.

Algún día le hablaría sobre la amarga batalla transatlántica de su custodia que había determinado su infancia, el miedo a sentirse demasiado arraigado a un sitio en concreto sabiendo que los tribunales podían arrancarlo de allí en cualquier momento. En toda su infancia no había podido confiar en el significado de la palabra «hogar».

La tomó en sus brazos y ella se dejó abrazar, como si ella también hubiera llegado a puerto, y se quedaron allí abrazados mucho tiempo.

Capítulo 15

AQUELLA luz solo se encontraba en el Caribe. Las palmeras enmarcaban el color aguamarina del océano y protegían del sol que brillaba en lo alto.

La sesión fotográfica había terminado y el resto de modelos y estilistas se dirigían hacia el cóctel que ofrecía el bar de la playa, pero Keri sentía la cabeza un poco pesada después de dos copas. Hacía mucho calor para tomar alcohol y lo que deseaba era estar en Inglaterra, con Jay.

–Creo que volveré al hotel –dijo, bostezando–. Dormiré un poco y me daré un baño.

Nadie pudo convencerla de lo contrario y ella tampoco creía que la echarían de menos. Cuando una mujer estaba enamorada y su amor estaba lejos, se sentía rara, como si su cuerpo estuviera allí, pero no su espíritu.

Con el paso de los meses, otras cosas habían cambiado también, porque el tiempo lo cambiaba todo. Sus sentimientos por Jay eran más fuertes y profundos. Vivían sus vidas en una paralela armonía, llevando ambos exitosas carreras y pasando las noches de los fines de semana juntos en el piso de ella o de él.

Ella miró el azul del agua preguntándose por qué

siempre se deseaba lo que no se tenía. Tenía la relación que siempre había soñado, que la hacía sentirse plena en todos los sentidos, pero ahora quería más. Quería casarse y tener niños, pero, cuando él le demostraba su amor, ella sentía que la familia y el matrimonio serían un compromiso demasiado grande para que él aceptara.

Disfruta de lo que tienes y no desees imposibles, se decía a sí misma.

En la distancia vio una figura que se dirigía hacia ella. Keri sacudió la cabeza; por un momento había imaginado que era Jay andando por la playa hacia ella. Tendría que haber tomado un vuelo privado el día antes de que ella volviera a casa.... ¡ni lo sueñes, Keri!

Ella siguió andando en dirección hacia el hombre, esperando confirmar en cualquier momento que era simplemente un hombre alto y moreno disfrutando de las delicias del Caribe.

Fue difícil decir en qué punto ella se dio cuenta de que su primera impresión no había sido errónea. Ella estaba demasiado lejos para ver la expresión de aquella bella cara, pero algo le dijo que era Jay. Se quedó tan sorprendida que se detuvo, aunque tal vez debería haber corrido hacia él para que la hubiera tomado en sus brazos y dar vueltas y vueltas. Pero...

¿Qué hacía él allí?

Ella parecía una imagen de ensueño, su silueta recortada contra la luz, con un vestido pálido y ligero con un sombrero de paja con flores sobre el ala que protegía su cara del abrasador sol.

Avanzó hacia ella lentamente, disfrutando del momento, con el corazón latiendo fuertemente en el pecho. Ahora podía ver su blanca cara, la expresión de sorpresa, la ansiedad de sus ojos y sintió una oleada más profunda que la del deseo.

–¿Qué ha ocurrido? –preguntó Keri con el corazón palpitante–. ¿Qué estás haciendo aquí?

Él sonrió.

–¿Qué forma es esa de saludar a tu amante?

Ella pensó en lo moderna y actual que resultaba aquella frase. Ella lo miró interrogante, pero no era capaz de leer nada en sus ojos a través de las gafas que llevaba.

–¿Jay?

Él levantó la mano y le apartó el flequillo como había hecho tiempo atrás.

–¿No estás contenta de verme? –preguntó suavemente.

–Claro que sí –respondió sin aliento, pero no se lanzó a sus brazos ni él la atrajo hacia sí–. No pasa nada malo, ¿verdad?

–Bueno, eso depende de lo que consideres malo.

–¡Jay! –su voz temblaba–. ¡Tenía que volver a casa mañana! ¿Por qué estás tú aquí?

–Porque te echaba de menos.

–Bueno, eso es...

–¿Qué?

–Sorprendente –admitió ella.

–Sí –asintió él sonriendo–. Pensaba que iba a estar loco de contento con una mujer que me daba todo el espacio del mundo.

Ella abrió los ojos como platos. Ella se había aferrado a su independencia como a un clavo ardiendo, porque él se había enamorado de una mujer independiente.

–¿Cómo?

–Totalmente loco –dijo él con gravedad.

–No ocurre muy a menudo –indicó ella–. Me refiero a lo de los viajes.

–No.

–Y tú te pasabas la vida viajando de un lugar a otro.

–Ya lo sé.

Y deseó que ella no fuera a vivir la misma vida que le tocó a él mientras estaba en los SEALs. Sabía que no sería así: ella era dulce, leal y fiel, pero cuando estaba lejos la echaba de menos de un modo que resultaba muy extraño para él. Pero si era aquello lo que ella deseaba, así tendría que ser. Se inclinó para besarlo levemente.

–¿Te gusta pasar tanto tiempo lejos, semanas incluso, cariño?

No, la verdad es que no –dijo ella dubitativa.

–Entonces ¿por qué lo haces? –dijo él frunciendo el ceño.

–¡Porque es mi trabajo! Estas son las mejores sesiones; se pagan bien y dan buena imagen. Y, por raro que parezca, parece que tengo más trabajo desde que tengo estas curvas, ¡y eso es culpa tuya, Jay!

–¿Y qué ha pasado con el diseño de interiores? –preguntó él–. Pensaba que el trabajo que realizaste en mis oficinas sería tu trampolín.

–¡Ese era tu sueño, no el mío!

–Pensaba que tú también lo querías, Keri. ¿Acaso te cansaste de ello?

Ella se mordió un labio, deseando decirle la verdadera razón.

–Decidí no empezar nada nuevo porque mi relación contigo era muy importante y quería concentrarme en ello. No quería hacer grandes cambios en mi vida profesional porque... –la voz le falló y bajó la mirada.

–¿Por qué? –preguntó él–. Mírame, Keri.

Era el momento; tenía que ser valiente y arriesgarse a decirlo.

–No puedo verte los ojos –susurró ella.

Él se quitó las gafas

–¿Mejor ahora?

Mejor y peor, las dos cosas. Ella nunca le había visto tan serio y supo que no tenía opción.

–No sabía si esto iba a durar, o si cambiarías de idea respecto al compromiso –admitió ella–. Y sabría que no podría soportarlo todo si cambiaba mi vida de un modo radical.

Él asintió con la cabeza, reconociendo la inseguridad que ella aún sentía a veces. Ella no le había apremiado ni le había tentado. A lo mejor él lo había estado esperando preguntándose si entonces se sentiría atrapado. Pero aquella relación no era una trampa. Ya había encontrado el lugar donde quería estar, y quería asegurarlo, transformarlo en un hogar. Y necesitaba decírselo.

–Te quiero, Keri –dijo con sencillez, preguntándose por qué habría tardado tanto en decir algo tan sencillo.

Era como si alguien hubiera encendido un fuego dentro de él, una chispa al principio que fue creciendo y creciendo hasta invadirle por completo. Y los sentimientos, como los fuegos, no podían ser apremiados.

–Te quiero –dijo de nuevo con una sonrisa cegadora.

–¡Oh, Jay! –ella empezó a llorar y él la atrajo hacia sí, abrazándola como si no fuera a soltarla nunca.

Al cabo de un rato, la besó en la nariz.

–¿Por qué lloras tanto? –preguntó dulcemente.

–¡Te quiero tanto!

Para entonces ya había aprendido que las mujeres siempre lloran por una razón y, si Keri lloraba porque lo quería, él no tenía ningún problema con ello.

Todo pareció pasar en un instante, a partir de ese momento. Se besaron apasionadamente y, como en el Caribe ese tipo de comportamiento era considerado perfectamente respetable, nadie se fijó en ellos. Hasta que Keri deseó un poco más de privacidad.

–¿Volvemos al hotel?

Él sonrió y sintió un vuelco en el corazón.

–Supongo que será lo mejor.

Recorrieron la playa de la mano, hasta que al acercarse al hotel empezaron a oír tambores y vieron a una pareja descalza en el mar; la mujer llevaba un vestido blanco y unas flores en la mano, y él un chaqué blanco.

–Oh, Jay, ¡mira! –dijo ella–. ¡Es una boda!

Él pensó que resultaba más seguro atravesar las líneas enemigas que entrar en la mente de una mujer.

–¿Quieres que nos casemos? –preguntó él, como si la pregunta no tuviera ninguna importancia–. ¿Aquí?

Ella se detuvo en seco.

–¡Oh, Dios mío! ¿Quieres casarte conmigo?

–¡Claro que quiero! –respondió él–. ¿Por qué te crees que he venido? ¿Te casarás conmigo?

–¡Sabes que sí! Pero aquí no –dijo ella con decisión–. Esto es muy bonito y muy romántico, pero... –en sus ojos había una mirada de ansiedad– me gustaría que estuvieran mis padres y Erin. Nunca me perdonaría que no le dijera algo así. ¿Te importa mucho, cariño?

Él pensó en la gemela de Keri, su valentía y su fuerza, y en el niñito que estaba criando.

Su expresión se dulcificó al tomarla de la barbilla para que lo mirara directamente a los ojos.

–A ver qué te parece esto... ¿crees que a tu familia le gustaría venirse de vacaciones al Caribe?

En ese momento sintió que lo amaba tanto que el corazón le iba a estallar en el pecho.

–¡Oh, Jay! ¿Puedes imaginarte a William jugando en esta preciosa playa?

Él asintió y tomó aliento, sabiendo que no podía prolongar aquello un minuto más.

–Hay algo más, Keri.

Había algo en su voz que hizo que ella lo mirara firmemente.

–Mi nombre no es Jay Linur.

Epílogo

KERI dio un último toque a la cinta que había puesto alrededor de una maceta en la que había plantado un arbolito y se echó hacia atrás para tener una perspectiva mejor de la fachada de la tienda recién pintada. La apertura oficial de Linur Lifestyles sería en unas pocas horas, así que las botellas de champán ya estaban enfriándose en la nevera y el catering llegaría enseguida con hamburguesas miniatura y minicucuruchos de *fish and chips*. «La unión de lo mejor de las cocinas americana y británica», había anunciado Keri ante las risas de Jay.

–¿Qué te parece? –dijo ella, nerviosa.

–¿De verdad?

–De verdad.

Él sonrió.

–Me parece que tiene un aspecto increíble y, de paso, tú también, pero eso es lo habitual.

Ella sonrió mientras le acariciaba la cara, recordando la bomba que había dejado caer poco antes de su boda. Su padre había heredado una de las mayores fortunas de América, y Jay la había recibido de él.

–Demasiado dinero –había dicho él amargamente–. Y eso al final lo estropea todo.

Él había querido que tuviese un buen fin y que no

corrompiera a nadie, y había creado una fundación para ayudar a los niños más desfavorecidos del mundo. También había adoptado el apellido de su madre para evitar la expectación que creaba el de su padre.

Realmente aquella revelación no la había sorprendido. Nada de lo que Jay pudiera hacer o decir podría sorprenderla, solo agradarla.

Cuando le conoció, pensó que sería como ir retirando una a una las capas de una cebolla, y no se había equivocado.

Él podía ser un poco autoritario y obstinado, pero también podía servirle para espolearla.

Él le tomó la mano y se la llevó a los labios, un gesto muy dulce y romántico, pero, cuando consiguió que ella lo mirara a los ojos, le lamió los dedos hasta que Keri se puso roja de placer. El hombre que solo le demostraba su afecto en la cama había desaparecido por completo, pero muchas más cosas habían cambiado.

Jay, ella, ambos... el amor había resultado una liberación, decidió ella. Ahora podían decirse lo que realmente llevaban en el corazón sin preocuparse de si sería o no lo correcto. Y lo sorprendente era que sus deseos y necesidades coincidían perfectamente.

Todo había empezado con algo que él había dicho mientras esperaban a que les llegaran los papeles para su boda en el Caribe. Habían estado paseando por una playa bañada por la luz de la luna con un cielo cuajado de estrellas como diamantes sobre ellos.

–Las estrellas se ven tan bien desde aquí –había dicho Jay, y ella recordó haberle oído decir algo parecido antes–. Las luces de la ciudad impiden ver toda esta belleza.

Entonces ella había empezado a tramar un plan.

Se trasladarían al campo y él podría trabajar en una oficina allí, dejando a Andy al cargo de la oficina de Londres.

–Creo que está listo para un ascenso –había dicho ella–. Listo para volar solo, sin ti. Y ya es hora de que tú dejes de encargarte de las misiones peligrosas.

–¿Ah, sí? –rio él, pensando en que hacía no mucho tiempo se habría enfurecido con quien le hubiera propuesto algo así. Pero ahora estaba listo.

–Sí. Y yo dejaré mi trabajo como modelo. Quiero hacerlo, Jay, y puedo empezar con el diseño. Puedo permitírmelo.

–Podemos permitírnoslo –había replicado él posesivamente.

Keri afirmó, sintiendo una oleada de placer porque todo parecía encajar perfectamente.

–Y yo puedo darle mi piso a Erin, no aceptaré un no por respuesta. Ella puede vivir allí o venderlo, como quiera.

Erin había aceptado el regalo tras la insistencia de Keri y Jay. Al final había preferido venderlo y trasladarse al campo, no lejos de donde vivían ellos.

–No tiene ningún sentido que yo esté en Londres si tú estás aquí, Keri –había dicho ella–, si a ti no te importa, Jay...

Él había sacudido la cabeza diciendo:

–No me importa en absoluto.

Jay había comprendido el intenso vínculo que unía a las dos gemelas y no se sentía amenazado por él como les había ocurrido a otros hombres. Además, le caía bien Erin: se parecía mucho a su mujer, pero también era muy distinta. Como ya había dicho en una ocasión, no había dos personas idénticas, aunque a mucha gente le costara diferenciarlas. Él hubiera distinguido a Keri en la oscuridad a cien metros, y eso era instinto.

O tal vez no fuera solo instinto, era algo más... algo mucho más fuerte que el instinto.

Sonrió a su mujer.

Era amor.